MÉLANGES LITTÉRAIRES

Napoléon Bourassa

Edition : Culturea (culurea.fr), 34 Hérault
Contact : infos@culturea.fr
Impression : BOD, Norderstedt (Allemagne)
ISBN : 9791041838875
Date de publication : juillet 2023
Mise en page et maquettage : https://reedsy.com/
Cet ouvrage a été composé avec la police Bauer Bodoni

I

Avant le départ

Vers le milieu de l'été de 1855, nous étions réunis une quinzaine dans une auberge située non loin du bureau des postes, à Rome. Il y avait parmi nous des Français, des Belges, des Anglais, des Allemands, des Italiens, des Suédois, des Américains, aussi un Savoisien, que nous appelions quelquefois *Savoyard* par mégarde, oubliant qu'il n'y a de *Savoyard* qu'à Paris où l'on trouve de tout. Tous ces sujets de pays divers, qui étaient venus se toucher la main sur ce point du globe par un besoin ou par un hasard de leur existence, avaient des occupations, des titres et des visages aussi différents que l'était leur langage. Quatre ou cinq étaient peintres de genre ou d'histoire, les mystiques étaient mêlés aux profanes. On comptait un sculpteur et un architecte, un homme de lettres, un musicien, deux journalistes correspondants, un capitaine de la garnison française, un rentier seulement et un Napolitain qui ne faisait à peu près rien, comme beaucoup de ses compatriotes. Assis tous ensemble autour d'une table commune, dans le meilleur esprit de famille possible, nous attendions le départ d'une diligence.

Rome est à tous les titres la capitale du monde chrétien. Elle n'est pas tellement le centre d'une nationalité particulière que les sujets d'autre origine s'y trouvent entièrement négligés ou noyés. À cause des rapports intimes et nécessaires de son gouvernement avec les peuples catholiques, chaque catholique y arrive avec des privilèges et des droits respectables qui lui donnent lieu de croire que, hors de sa patrie, c'est à Rome qu'il est le plus chez lui. Il en était ainsi quand j'y séjournai. Cette ville doit tout aux étrangers : ses trésors de science, ses richesses, ses splendeurs, ses chefs-d'œuvre incomparables. Elle leur doit presque tous ses enfants de génie. L'univers l'a dotée de tout cela à cause du Pontife souverain qui est son roi. Et aujourd'hui encore ce sont les étrangers qui lui apportent sa vie de chaque jour. Le grand nombre de ceux que leurs goûts, l'intérêt de leurs études, leur richesse ou les munificences de leurs gouvernements y poussent, font une partie importante de sa population et de son revenu. Nous sommes donc désirés et respectés à Rome, et, quand nous y arrivons, il semble que nous venons nous asseoir à une table de famille, chez notre tenancier, avec cette petite différence cependant que nous en payons bien les frais.

Mais pour ceux qui aiment et qui cultivent les lettres et les arts, Rome est encore plus particulièrement une patrie commune. Les liens qui naissent des mêmes goûts, des mêmes besoins et des mêmes habitudes, font de tous ces types de races antipathiques ou en état de guerre un petit peuple étroitement uni. Si bien que lorsqu'on s'entre-déchire, lorsqu'on se baigne dans le sang sous les murs de Sébastopol ou dans les champs de Magenta, l'on voit des Russes, des Français, des Anglais et des Autrichiens s'embrasser étroitement sur les bords du Tibre, en se disant au revoir... La diplomatie n'est pour rien dans ces charmants rapports internationaux. Et malgré que, pour des raisons d'État, les grands gouvernements croient pouvoir se jeter des mensonges énormes, jusqu'au delà des latitudes les plus éloignées, par-dessus vingt peuples que l'intelligence et que la morale éclairent, leurs petits sujets de Rome ne se disent pas moins ouvertement ce qu'ils pensent, ce qu'ils aiment, ce dont ils ont besoin. Et si jamais ils articulent quelque chose qui ressemble à un mensonge, c'est quand, se quittant après un séjour de deux ou trois ans et une amitié bien cimentée par des services ou des dévouements réciproques, ils promettent de se revoir à tel endroit du monde, à telle époque de leur vie... Combien y en a-t-il qui se revoient jamais ?

De tous ceux que je quittai au banquet d'adieu, à ce jour dont je viens de vous parler (car c'était à mon tour de partir), je n'en ai revu que trois, par hasard : l'un à Venise, l'autre à Paris, et le troisième à Londres.

II

En diligence

La diligence était prête, un dernier serrement de main fut échangé, et j'allai prendre place au coupé, entre une contadine et une citadine. J'allais me trouver dans l'heureuse nécessité de jouir des charmes de la ville et de la campagne. Malheureusement notre voiture, pauvre véhicule de province, était étroite, et mes voisines ne l'étaient pas : c'étaient deux de ces importantes matrones, comme on en voit beaucoup sur les bords du Tibre, qui nous donnent une bonne idée de ce que devaient être les mamans du peuple roi. La villageoise, du reste, me parut immuable dans son immobilité et sa compagne me cacha probablement une partie de son art de plaire et d'intéresser : quelle est la femme qui n'en a pas un peu ? J'éprouvai donc avec l'une et l'autre beaucoup de gêne intellectuelle et corporelle. Dans l'intérieur proprement dit de la diligence étaient casées quatre figures quelconques, parmi lesquelles je remarquai un dominicain et un franciscain. Ils se mirent à parler tous deux de l'effet délétère de la houille sur la vigne... Pendant les intervalles de cette conversation, les deux autres, paysans sans doute, donnaient leur approbation comme un bon auditoire, ajoutant quelques gros traits à l'adresse des usines et des chemins de fer. Je n'avais jamais entendu dire auparavant que le développement de l'acide carbonique dans la combustion du charbon pouvait injurier le règne végétal, puisqu'il est universellement reconnu que ce gaz est pour les plantes ce que l'oxygène est pour les poumons. D'ailleurs il n'y avait certainement pas lieu de s'en plaindre dans les États romains. Les usines et les chemins de fer ne pouvaient pas, à cette époque, abuser de ce produit mortel ; on ne connaissait qu'un bout de voie ferrée qui n'était pas encore en opération ; et quoiqu'il y eût çà et là quelques usines pour l'exploitation des métaux et la fabrication du gaz d'éclairage, encore une fois il n'y avait pas là de quoi empoisonner les vignobles de l'État romain.

Les deux moines n'étaient pas les seuls en Italie à partager ce préjugé contre l'usage de la houille, et c'est la raison qui me fait mentionner ici leur conversation. Dans une commune de Toscane, une troupe nombreuse de paysans s'était mise un jour à détruire une voie ferrée que l'on était à construire. Ces braves gens étaient exaspérés, parce qu'ils avaient perdu cette année-là leur récolte de raisin, et il fallut la force armée pour les contenir après ce premier excès.

Vous connaissez maintenant autant que moi-même mes compagnons de voyage. J'étais venu seul de ma connaissance prendre place au milieu d'eux ; je sentis le besoin de rester dans cette solitude ; je venais de briser bien des affections, et toute séparation pénible entraîne son temps de veuvage et de deuil. Je m'entourai donc de silence, je fermai mes yeux et mes oreilles à tout ce que je laissais derrière moi... Le temps d'ailleurs n'était pas favorable aux jouissances de la vue. Un brouillard épais s'étendait sur toute la campagne et voilait à mes yeux ces beaux horizons, ces grandes solitudes, peuplées de souvenirs et de ruines, que j'avais si souvent contemplées et parcourues. J'aurais aimé à les voir lentement disparaître, à y attacher encore un regard, pour en garder une suprême impression et leur laisser un dernier souvenir... Rome disparaissait devant moi avant que je l'eusse quittée.

On ne peut imaginer tout le charme qu'offre cette ville aux yeux de tout homme, ne serait-il que faiblement organisé pour sentir le beau ; tout ce que l'on y voit, tout ce qui l'entoure contribue à agrandir et à développer la pensée. Les nobles ruines qui la glorifient encore, les précieux souvenirs attachés à tous ses sanctuaires, les merveilles que le 15e et le 16e siècles y ont laissées, les chefs-d'œuvre de ses musées d'antiques ; puis la variété de ses aspects, la jouissance des effets de son soleil, la grave simplicité de son paysage, la beauté de la population, le pittoresque des costumes populaires, la naïveté des fêtes et de certaines coutumes surannées ; tout cela forme une source infinie d'études, d'impressions favorables, de méditations que féconde encore une vie coulée dans le calme et l'enseignement des grandes écoles d'art que les gouvernements étrangers y entretiennent. Rome est un but où aspirent tous ceux qui ont lu quelques pages de Tacite et de Tite-Live, tous les catholiques sincères qui se rappellent les combats des premiers chrétiens et qui tiennent encore à l'unité catholique. Mais pour les artistes, Rome c'est la patrie de l'imagination et le foyer du sublime. Tous les plus grands noms qui ont marqué, depuis ceux de Michel-Ange et de Raphaël, quelque époque de l'art, sont restés liés à celui de la ville éternelle. Nicolas Poussin, après y avoir passé une partie de sa vie, voulut y terminer ses jours ; Claude Lorrain n'a jamais voulu emprunter à d'autres lieux les sujets de ses tableaux lumineux ; Canova et Thorwaldsen ont laissé au Capitole et au Vatican des témoignages de leur constant attachement pour le berceau des arts ; Ingres, Horace Vernet comptent parmi leurs belles années celles qu'ils ont passées à la Villa Médici.

J'ai visité à Rome un grand nombre d'artistes étrangers qui ont une réputation européenne ; ils ont habitué leurs compatriotes à venir y chercher leurs œuvres. Cornélius va y méditer ses plus vastes compositions et Overbeck, après y avoir passé la partie de sa vie la plus fructueuse, y attend tranquillement la vieillesse, dans une solitude près de Sainte-Marie-Majeure. Là il n'est troublé dans ses douces inspirations que par le concours de ses admirateurs de tous les pays, qu'il éclaire de ses conseils et dont il réchauffe la foi et le sentiment artistique par ses œuvres suaves, son extérieur modeste et ses discours austères comme ceux d'un bénédictin des temps passés : c'est le patriarche vivant de l'art mystique.

J'avais habité cette grande ville pendant près de vingt mois, et à l'heure où je m'en éloignai pour toujours, il me sembla que je n'y étais resté qu'un instant. Je me demandais : « Qu'ai-je vu ?... Que me restera-t-il de cette multitude d'objets aperçus en courant dans ce monde de choses intéressantes ? Peut-être le seul regret d'en avoir si peu joui et si peu profité ! » Je commençais à découvrir ce qu'il m'aurait été utile d'apprendre, et partir !... Laisser la tâche au début, l'œuvre à l'ébauche !... Cependant quelques raisons impérieuses me commandaient, j'obéis.

Avec quels besoins, avec quels penchants contradictoires l'homme a été jeté sur cette terre ! N'existe-t-il pas un tiraillement continuel entre la pensée qui désire, qui entraîne et le cœur qui veut s'arrêter et revenir... Souvent, quand une de ces parties de nous-mêmes commence à vivre, l'autre se sent mourir... Il y avait déjà longtemps que j'étais abandonné à ces réflexions, allant tour à tour des tristesses de l'adieu aux espérances du retour, déchirant ou embaumant mon âme entre ces deux émotions, comme un enfant qui s'aventure dans une haie de rosiers, quand je m'aperçus que j'étais déjà bien loin des bords du Tibre et que la nuit s'était mêlée aux brouillards qui nous enveloppaient déjà. Puisque nous y sommes, parlons de la campagne romaine.

III

La campagne romaine

Par quelque porte que l'on sorte de la ville éternelle, on tombe dans le désert ; de quelque côté que se dirige le regard, il n'est arrêté que par un cordon de montagnes bleues du côté de la Sabine, sur lequel se détachent quelques ruines et un ou deux groupes de pins parasols ; partout ailleurs il plonge dans les profondeurs du ciel d'Italie, au-dessus d'un horizon aplani et fondu dans l'azur de la mer.

Malgré l'importance des villas Borghèse, Pamfili-Doria et Albani, qui ne sont que des points verdoyants, des oasis charmantes disséminées autour de la vaste enceinte murée, ne faisant que mieux mettre en évidence cette triste solitude où les vivants sont rares comme au cimetière, cette plaine est immobile dans sa physionomie. Les saisons passent sans y laisser leurs fleurs, leurs moissons ou leurs frimas. Deux choses seulement s'y succèdent chaque année : ce sont les torrents de pluie qui l'inondent à l'automne et les torrents de lumière qui la brûlent durant l'été. Vaste sépulture du plus grand peuple de l'antiquité, la Providence a semblé commander aux peuples modernes de la respecter. Ils n'ont pas osé écrire d'autres noms sur ces noms qu'on y trouve gravés, ni établir des demeures obscures sur des tombes rayonnantes. Le champ est resté vide, vaste, solitaire, pour que l'œil et la pensée y puissent chercher à loisir les traces de l'histoire d'un monde.

Du côté des portes Majeure et Saint-Laurent, d'où partait la belle voie Labicana, conduisant au Latium, commencent ces gigantesques réseaux d'aqueducs dont quelques-uns abreuvent encore la ville moderne. Ils s'avancent majestueusement sur leurs vastes arcades, en sens divers, vers les Apennins. Dominant d'abord la plaine, ils s'abaissent sur des amas de sable entassés par le temps, puis ils se relèvent encore pour retomber plus loin dans des monceaux de ruines. L'effet que produisent ces vieux restes d'une grande puissance humaine est saisissant. Il nous semble voir l'ombre de ce peuple géant s'avancer sur cette vallée où il sommeille. Et quand on réfléchit que ces aqueducs étaient au nombre de douze, qu'ils se prolongeaient jusqu'à des distances de quarante et soixante milles et que, malgré qu'il n'y en ait aujourd'hui que trois de restaurés, ils suffisent à répandre dans la ville une telle quantité d'eau que toutes les maisons, toutes les cours, toutes les rues, toutes les villas et toutes les places publiques ont des fontaines intarissables, on a une idée de l'importance des travaux hydrauliques de l'ancienne Rome.

La porte que l'on appelle aujourd'hui de Saint-Paul servait autrefois d'entrée à la voie *Ostiensis.* Cette route étant celle du port naturel de Rome, c'est par elle que devait s'écouler tout ce que cette ville immense demandait aux étrangers pour sa consommation. C'était l'artère du commerce, le boulevard des grandes affaires : aussi la voie Ostiensis, qui pouvait avoir quinze milles de long, n'était-elle qu'un faubourg de la cité impériale. On chercherait en vain aujourd'hui quelques vestiges de toute cette prospérité. En franchissant la porte Saint-Paul, à part la belle pyramide de Caïus Cestius qui s'élève auprès, on ne voit plus que des coteaux et des cavernes de pouzzolane, et au-delà les profils de la Basilique de Saint-Paul.

Non loin de cette dernière porte s'ouvre celle de Saint-Sébastien ; elle donne entrée à la voie Appienne dont elle portait autrefois le nom.

Sans être même allé à Rome, chacun connaît quelque chose de la fameuse voie Appienne. Conduisant à Misène, à Cumes, à Baïa, et toutes ces charmantes résidences du golfe de Naples, c'était la plus brillante des voies romaines. Elle était bordée dans toute sa longueur de villas, de jardins et de monuments superbes, théâtres, cirques, thermes et tombeaux. C'est par elle que passaient les triomphateurs qui venaient de détruire les vieux empires d'Orient ; c'est par elle qu'arrivaient ces princes et ces ambassadeurs humiliés, ces proconsuls chargés des dépouilles et des richesses de l'Asie et de l'Afrique ; c'est par elle que s'écoulait le flot joyeux de tous ces heureux viveurs qui allaient sous le ciel de Capoue effeuiller les fleurs de leurs années ; c'est par elle que s'acheminaient tous ces Orientaux fastueux qui venaient chercher à Rome les délices et les raffinements que cette ville avait aussi conquis sur eux. Les citoyens souverains tenaient sans doute à éblouir les yeux de ces étrangers par le spectacle anticipé de leur grandeur et de leur richesse, en érigeant sur cette route des tombeaux à leurs familles. En apercevant ces mausolées couverts de statues, de portraits d'hommes célèbres, d'inscriptions où étaient racontées les actions de chacun d'eux, on devait éprouver plus de respect pour les héritiers de tant de gloire. C'était une habitude de distribuer ainsi les monuments funèbres le long des grandes routes, aux abords des villes ; on en voit tout autour de Rome et des cités exhumées du territoire de Naples. Mais il semble que la voie Appienne ait été choisie de préférence par la haute aristocratie romaine pour en faire son cimetière. On voit une suite non interrompue de tombes, sur un espace de neuf milles de long.

Depuis quelques années surtout, on a travaillé à découvrir l'ancien pavé de cette route et à déblayer toutes les ruines qui la bordent, et l'on éprouve une accablante impression, quand, revenant d'Albano vers le soir ou par un beau clair de lune, on s'avance dans le silence du désert, sur ces vieux pavés décousus et usés, où se produisit tant de bruit, où passèrent tant de grandeurs de la terre, entre ces deux rangs de tombes vides, ouvertes à tous les vents, où les voleurs et les loups viennent se cacher pour épier leur proie. Beaucoup ne sont plus que des massifs de briques losangées, dépouillées de leur revêtement de marbre et de leurs inscriptions ; d'autres, comme celle de Cœcilia Metella, plus solidement construites, ont été converties en forteresses au moyen âge, durant les querelles des Gaëtani, des Savelli et des Orsini. Sur quelques-unes se sont élevées de petites cabanes en terre cuite, où sont probablement venus habiter quelques gardiens de troupeaux de bœufs. Ils vivaient là tranquilles, suivant leurs bêtes au pâturage, s'entretenant peut-être entre eux des combats que les chefs du troupeau s'étaient livrés pendant le jour, peu soucieux d'ailleurs de savoir quels noms et quelle poussière ils broyaient sous les clous de leurs chaussures... Au-dessus de l'une de ces demeures rustiques, ainsi superbement nichées, s'élève un bosquet de chênes et d'oliviers ; le bon berger avait voulu se procurer le luxe d'un peu d'ombrage. Dans les voûtes souterraines les mieux conservées, on a recueilli des urnes cinéraires et de jolis parquets en mosaïque, des bas-reliefs, des bronzes, des inscriptions qui rappellent beaucoup de familles déjà connues et d'autres dont on ne sait rien, si ce n'est le jour de leur mort qui se trouve consigné dans leur épitaphe. Enfin, sur la plupart de ces tombes, l'herbe des champs a gravi, puis elle a fini par cacher ces lauriers qu'un art flatteur y avait sculptées pour l'éternité... et la chèvre vient brouter là-dessus tout aussi à son aise que sur ces rochers isolées où les bergers allaient graver, dans le secret, le nom de leurs pastourelles.

Bien qu'il soit regrettable qu'une aussi vaste proportion du sol soit restée improductive pour les populations environnantes, il faut pourtant admettre que la certitude et l'intérêt historiques auraient grandement perdu si ces populations étaient venues établir là-dessus leurs industries et leurs exploitations. Car sur toutes les couches de cette poussière sont écrits des faits et des souvenirs qui permettent de suivre le progrès du peuple-roi et de constater les événements de l'histoire. Tous ces travaux d'excavation qui se poursuivent sous la direction d'archéologues distingués, auraient été à peu près impossibles, si le terrain eût été recouvert de demeures importantes ou de plantations de luxe ou d'utilité : combien de richesses perdues pour les musées d'objets d'art et les cabinets d'inscriptions ! combien, à une époque où l'on n'y tenait guère, aurait-on détruit ou enseveli de ruines à demi-cachées sous le sol et dont la découverte a mis au jour une multitude de faits, a détruit beaucoup de sottes prétentions modernes, a confirmé des vérités déguisées ou niées ! – Ceci concerne surtout l'histoire de la première Église, l'Église des Catacombes ; car ces souterrains vénérés gisent entièrement sous la campagne de Rome.

Pour vous faire concevoir ce que renferment ces champs, qui semblent vides, je vous dirai quelques faits.

Lors du pillage de l'Italie par les armées de Bonaparte, le prince Borghèse fut forcé de céder sa magnifique collection d'antiques. On lui en paya le prix, plus tard, avec une princesse impériale qui prouva au propriétaire dépossédé qu'elle valait bien, Canova aidant, une statue grecque.

Ce prince, qui se distinguait non seulement par sa grande fortune et par l'alliance qu'il venait de contracter, mais encore par une intelligence cultivée par l'étude et par l'amour des belles choses, ne considéra pas que l'indemnité qu'il avait reçue pût le payer de la perte de tant de chefs-d'œuvre : il fit donc aussitôt tous ses efforts pour les remplacer, et il chargea pour cela des antiquaires de faire pratiquer des fouilles dans différents endroits de ses villas. Ces recherches furent si fructueuses qu'il put, en réunissant quelques autres objets qu'il gardait dans d'autres palais, former une nouvelle collection, aussi considérable et aussi belle que celle qu'il possédait avant. Elle occupe quinze grandes salles, dont la plus vaste a soixante pieds de longueur sur dix-sept de largeur. Outre plusieurs morceaux d'une grande beauté et un grand nombre de bustes d'hommes célèbres, cette belle galerie renferme de beaux bronzes, des figures sculptées dans des pierres rares et beaucoup de vases et d'autres objets précieux.

Lorsque j'étais à Rome, je vis creuser les fondations d'un monument destiné à commémorer la définition du dogme de l'Immaculée Conception. Pour asseoir les substructions de monuments importants, il est d'usage, dans cette ville, de creuser jusqu'à l'ancien pavé, qui se trouve presque partout à vingt ou vingt-cinq pieds au-dessous du pavé moderne. Dans l'excavation de dix-huit à vingt pieds carrés, pratiquée à l'occasion dont je viens de parler, on retira deux statues, un buste et quelques fragments d'inscriptions.

Voilà comment ont été formées toutes ces vastes collections que l'on trouve par toute l'Europe. Celle du Vatican est si considérable qu'on ne pourrait l'étudier assez, durant un mois de temps, pour en conserver dans sa mémoire une classification lucide. Celle du Capitole est presque aussi importante, au moins quant à la beauté de ses chefs-d'œuvre et à cause de la série des bustes des philosophes et des empereurs. Je ne connais pas un palais en Italie qui n'ait son cabinet d'antiques. Ces mille merveilles de la sculpture grecque, dont les noms sont connus de tout le monde, ont été ainsi ensevelies pendant des siècles, puis retirées de terre, soit dans l'enceinte de Rome, soit du milieu de ces champs où furent autrefois les superbes villas de Mécène, de Gordien, d'Adrien, de Cicéron, de Salluste, de Quintilien et de tant d'autres familles célèbres dont on ne peut concevoir le luxe qu'après avoir visité les résidences des souverains de l'Europe.

On peut retracer aujourd'hui l'histoire de presque toutes les civilisations anciennes par les ruines et par les objets qu'elles renferment. Celles des Étrusques nous a été entièrement révélée de cette manière. Car les historiens de Rome ne parlent de ce peuple que par accident et de façon à frapper bien peu notre attention, à côté des grandes œuvres des Romains ; aujourd'hui la physionomie de ce peuple, son culte, son industrie, sa puissance, son gouvernement et même ses mœurs, tout nous est à peu près connu ; et nous, hommes du dix-neuvième siècle, nous nous sentons souvent pris d'étonnement devant les travaux imposants, les objets d'art et les témoignages de sagesse d'une nation contemporaine du siège de Troie, dont le souvenir était presque perdu !

Bien plus, quelques-uns de nos industriels intelligents n'ont cru pouvoir offrir mieux au choix des personnes de goût qu'en donnant aux produits de leur art des formes empruntées aux curiosités étrusques. Les bijoutiers, par exemple, ont puisé largement à cette source depuis quelques années, si bien qu'un habitant primitif de l'Italie se retrouverait en pays de connaissance devant une de nos élégantes vitrines d'orfévrerie. Ce qui fait l'éloge de ces objets de parure, c'est que nos gracieuses compagnes n'ont pas eu d'objection à les accueillir avec faveur, quoiqu'ils datent d'une mode vieille d'au moins trois mille ans. Il est vrai que les dames ne voient pas d'inconvénient à l'âge d'une mode, quand elle est jolie, un peu dispendieuse et surtout quand elle n'est pas celle de l'année dernière. Pour cette fois, j'avoue qu'en voyant sur elles ces bracelets, ces épingles, ces boucles d'oreilles d'un goût si simple, si pur et en même temps si élégant, on doit leur savoir gré d'être revenues aux choses de l'ancien temps, pour cette partie de leur toilette.

Permettez-moi de vous rappeler quelques-unes de ces découvertes récentes qui viennent de nous révéler cette autre civilisation antique, émule de celle de l'Égypte.

Près du lac Bolsène, des travailleurs qui creusaient la terre sont entrés dans une vaste nécropole étrusque d'où l'on a retiré depuis plus de deux mille vases cinéraires. Ces objets, étudiés par les antiquaires, ont servi à une foule de révélations historiques. Comme la plupart sont ornés de peintures monochromes, représentant des sujets de l'histoire héroïque et de la mythologie de ces peuples, et qu'ils portent, en outre, des légendes entremêlées avec des figures, comme dans les tableaux byzantins, on a pu facilement retrouver toutes les cérémonies du culte, la plupart des dogmes religieux et les usages sacramentels de la nation. Avec les légendes, l'orthographe des mots, la forme des lettres, les types des personnages et leurs costumes, il a été facile d'établir des conjectures sur l'origine de ce peuple, et de constater en même temps tout ce que les Romains lui empruntèrent dans leur organisation politique et religieuse. D'ailleurs, la simple inspection de ces poteries peintes révèle un goût déjà bien développé, une connaissance remarquable du dessin et des formes humaines, une science dans la composition qui peuvent difficilement être surpassés. En comparant ces restes, si humbles d'apparence, à tout ce que l'on a retiré des sables de l'Égypte et de la Syrie, il est facile de se convaincre que l'art, chez les Étrusques, avait atteint, à la même époque, un bien plus haut degré de perfection que chez les peuples qui ont laissé à ces autres pays le souvenir de leur histoire et de leurs travaux.

Près de Corneto, sur les bords de la petite rivière Barta, à quelques milles de Rome, on a encore découvert une nécropole considérable que l'on n'a pu explorer tout entière. On croit généralement que c'est celle de Taruini, une des villes les plus importantes de cette époque reculée. Ce cimetière offre une surface de plus de deux lieues carrées et, d'après les quelques milliers de tombes exhumées, M. Hamilton Graz, qui a fait un ouvrage spécial sur ces antiquités, dit que ce lieu ne peut avoir reçu moins de deux millions de dépouilles humaines, et qu'il a dû servir de lieu de sépulture, pendant six cents ans, à une ville de cent mille habitants. Quoique ces chiffres ne puissent être qu'approximatifs, ils donnent cependant l'idée de l'importance et de la grandeur de ce peuple. Outre les urnes funéraires qui remplissaient ces sépulcres, on a trouvé dans l'un d'eux, qu'une inscription désignait comme ayant reçu les cendres d'un Lucarnon nommé Velturi, « des ustensiles de bronze de toute forme et de toute grandeur, dont l'usage est inconnu, des boules de parfums, des émaux, des pâtes coloriées et figurées, des pierres gemmes transparentes, des statuettes, de riches bracelets, des pendants d'oreilles, des couronnes, des chaussures ornées et des dés à jouer », etc.

Après d'aussi vigoureux témoignages de civilisation, on reste moins émerveillé de l'origine et des premiers progrès du peuple romain. Des commentateurs modernes en ont été tellement frappés qu'ils ont écrit qu'il était raisonnable d'attribuer aux Étrusques toutes les plus grandes entreprises qui ont été exécutées sous le règne de Tarquin le Superbe, entre autres la Grande Cloaque.

Quoiqu'il soit très possible qu'une ville ait existé sur les sept collines longtemps avant Romulus, il ne faudrait pas cependant mettre en doute un fait uniformément raconté par les historiens et qui date d'une époque déjà bien connue. Il est encore plus naturel d'accepter comme de lui l'œuvre du grand Tarquin, et de croire qu'au temps de la fondation de Rome, l'empire étrusque pouvait bien être déchu, mais qu'il conservait encore en Toscane et du côté de l'Ombrie, où il avait continué d'exister, de belles traditions de son passé.

On a cru trop facilement à la barbarie et à l'ignorance des fondateurs de Rome. Cependant, en étudiant avec plus d'attention la première organisation de ce petit peuple, en le suivant dans son développement moral surtout, on trouve partout la preuve d'une sagesse, d'une habileté et d'une vigueur impossibles à une nation primitive, étrangère à tout progrès antérieur. L'heureux choix du site de la ville, la fortification de l'enceinte, cette enceinte tracée à la charrue ; la division de la propriété, la fondation du pouvoir, le règlement du culte et du calendrier, l'ouverture d'un théâtre qui attira les peuples voisins ; quelques années plus tard, la construction d'un port de mer, qui annonce des idées de commerce : les colonies de l'Amérique, formées pour la plupart durant les brillantes phases de l'Europe moderne, n'offrent rien à leur origine de plus merveilleux ni de moins barbare.

On a remarqué que tous les rois de Rome furent des hommes supérieurs : les progrès rapides que fit cette ville sous leur règne le prouveraient, quand même l'histoire ne parlerait pas de leurs actions particulières. En effet, lors de l'expulsion de Tarquin le Superbe, c'est-à-dire après deux cent quarante-trois années d'existence, Rome était devenue la plus puissante ville de la péninsule ; ses murailles renfermaient déjà les sept collines, le même espace que sous l'empereur Aurélien ; les travaux qui témoignent le plus de sa puissance étaient accomplis : des temples, des basiliques, des aqueducs, des cirques s'élevaient déjà sur tous les sommets ; et, en ajoutant un autre siècle à cette période, on peut dire que Rome s'y trouve toute entière, car elle a donné, durant ce temps, les plus beaux traits de ses vertus civiques, les plus belles preuves de sa forte constitution. Elle a dit ce qu'elle serait : la Ville Éternelle. Tout cela n'a pas pu sortir d'une demi-civilisation ; et il faut observer que c'est après la conquête de l'Étrurie proprement dite que Tarquin l'Ancien commença ces grandes améliorations qui furent continuées sous deux de ses successeurs.

Le fait qui peut-être nous laisse une plus mauvaise impression des mœurs des premiers Romains, c'est la brutalité qu'ils mirent dans l'enlèvement des Sabines.

Mais on voit d'un autre côté qu'ils surent si bien se faire pardonner ce vilain procédé que pas une de ces pauvres enlevées ne consentit à retourner chez elle, quand leurs pères vinrent, tout armés, pour châtier leurs ravisseurs. Et ces papas, devenus beaux-pères et peut-être grands-papas, furent obligés d'aller rester chez leurs gendres pour complaire à leurs filles !

IV

Un relais

Le lecteur a bien pu oublier que, pendant cette première partie de mon récit, nous avions laissé courir la diligence à travers champs et collines ; pour le lui rappeler, je dois donc signaler notre arrivée à Baccano.

Baccano n'est qu'un pauvre relais de poste où nous fûmes obligés de nous arrêter, pour attendre un détachement de dragons qui devait nous escorter durant une partie de la nuit.

Quelques jours auparavant, des émeutiers d'une petite ville des environs avaient brisé les portes d'une prison, pour sauver quelques-uns des leurs, et ils avaient mis en liberté tous les mauvais sujets qui étaient enfermés avec ceux-ci, ce qui, durant quelque temps, compromit beaucoup la liberté de tout le monde. Ces misérables, se répandant sur les différents chemins, assaillirent et pillèrent toutes les voitures publiques ; ils assassinèrent même plusieurs voyageurs qui avaient voulu leur opposer de la résistance. Notre veturino, qui ne nous rappelait pas par sa bravoure les vieux légionnaires romains, avait vu du sang sur toutes les pierres de la route, en plein jour. Rien, par conséquent, n'aurait pu le décider à quitter Baccano de nuit. Il fallut donc que chacun se pourvût de patience.

Les lits étaient rares à notre auberge et nous nous trouvions, par l'arrivée de nouvelles diligences, un nombre toujours croissant de voyageurs. Les chaises mêmes manquaient à plusieurs : on n'en usait qu'à tour de rôle. Dans le voyage, c'est une petite misère d'attendre que les gens soient fatigués d'être assis, pour pouvoir s'asseoir soi-même. Il y a tant de gens qui ne se lassent jamais de vous voir debout quand ils occupent un bon siège ! Ils ferment les yeux ou ils s'endorment véritablement, pour ne pas rencontrer un regard suppliant ou pour ne pas être touchés par une démarche chancelante : ils craignent d'être victimes de leur délicatesse.

Cette nuit donna sujet à quantité d'anecdotes, de contes ou de romans dont les bandits furent invariablement les héros. Chacun conta son aventure plus ou moins incroyable. Comme les uns et les autres se connaissaient peu, qu'ils ne songeaient pas à prouver un jour l'exactitude de leurs récits, je pense qu'ils tenaient légèrement à la vérité historique, à ce point que je m'étonnais parfois de voir tous ces braves conteurs encore de ce monde, après les grands dangers qu'ils avaient courus.

Les ondulations variées de la grande plaine du Tibre et le voisinage des gorges obscures des Apennins, rendent le métier de brigand très facile dans cette partie de l'Italie. Pouvant s'approcher des voies publiques sans être vus, et fuir à course de cheval jusqu'aux montagnes sans rencontrer d'obstacle, il leur est aisé de déjouer les ruses d'une police nombreuse et habile. Aussi, les brigands n'ont jamais manqué à Rome. L'histoire fait mention d'eux à plusieurs époques.

Sous Auguste, avant que la forêt Gallinaire fût à peu près défrichée, ils se répandaient souvent en troupes nombreuses, pour piller les pays environnants. Ils se multiplièrent tellement sous Septime Sévère que toute l'extrémité de la péninsule en fut infestée. Le moyen âge ne contribua pas beaucoup à les détruire. Le pillage alors n'était pas toujours un déshonneur, les grands seigneurs n'étant souvent que de grands brigands.

Dans ces derniers temps, pour extirper cette hideuse engeance de la face de l'Italie, les gouvernements ont fait saisir les bandits jusque dans leurs repaires et fusiller tous ceux qui sont tombés vivants sous la main des gendarmes. Léon XII et Grégoire XVI ont surtout contribué à l'adoption de ces mesures énergiques qui auraient eu le bon effet de faire cesser le brigandage, si la révolution de 1848 n'était pas venue rouvrir la carrière aux mauvais sujets.

Je me rappelle une anecdote qui se rapporte à ces derniers événements et qui me fut racontée à l'auberge de Baccano, et je me permets de la consigner ici comme pièce caractérisant l'espèce.

Quand les mouvements révolutionnaires eurent été anéantis par les armées autrichienne et française, quelques-unes des bandes insurgées qui ne s'étaient soulevées que pour jouir du désordre, n'espérant pas obtenir de pardon et ne tenant pas d'ailleurs au rôle de citoyens paisibles, se constituèrent en troupes de bandits. Campés dans les montagnes, ces corps aguerris tinrent en échec, pendant près de deux ans, une force armée considérable. Composés de sujets de divers métiers et de tous les caractères, de roués de toute trempe, il est aisé de comprendre la puissance du mal qu'ils avaient en eux. Tantôt, ils disparaissaient presque comme corps, et alors ils étaient partout, cachés sous tous les costumes, jouant tous les rôles, puis à un moment convenu et dans un lieu désigné, ils reparaissaient comme une phalange enchantée.

Un soir d'été, une petite ville située aux pieds des Apennins se préparait à jouir des charmes d'une belle nuit. C'était, je crois, la fête de la patronne du pays. Une troupe de comédiens avait annoncé pompeusement une représentation au théâtre. Quelle jouissance pour ces bonnes gens de province qui ne goûtent les plaisirs de la comédie que durant la canicule, quand les acteurs et les actrices sentent le besoin d'aller prendre l'air des champs ! Tout le monde s'était donc porté à la salle de spectacle, les dignitaires de l'État comme ceux de la municipalité.

La pièce se faisait attendre, les violons n'arrivaient pas, la jeunesse trépignait d'impatience... Enfin, la toile se lève. Quel début ! Tout le monde reste ébahi, inquiet, cloué sur les sièges. Deux lignes d'hommes armés jusqu'aux dents étaient rangées de front sur la scène, tenant leurs fusils dirigés vers la foule. En même temps, un peloton des mêmes hommes apparaissait à chaque porte de la salle.

Un silence profond s'établit partout et le chef de la troupe vint expliquer aux spectateurs l'intrigue de la pièce, avant de la jouer. « Que chacun, dit-il, prépare l'argent et les bijoux qu'il porte sur lui, ainsi que les clefs de sa demeure ; nous allons passer les prendre ; les acteurs ne bougerons pas de place, avant que tous les goussets soient vides, et si quelqu'un de vous ose remuer, malheur à tous ! » L'exécution commença ; personne ne put s'en sauver. Son Excellence le maire dut comme les autres livrer sa bourse tout entière.

Pendant que ceci se passait, un autre détachement furetait la ville et préparait une retraite facile à toute la bande. On dit qu'une bonne maman disait le lendemain : « N'est-il pas assez prouvé maintenant que le théâtre offre toujours quelque danger ? »

La nuit s'était écoulée durant ces récits, et nous n'avions vu ni gendarmes ni brigands autres que ceux de nos histoires. Et comme le jour chasse bien des terreurs, un rayon de soleil rendit notre postillon brave ; aux premières lueurs du jour, il se remit gaiement sur la route, fit claquer son fouet, devint parleur, siffla à pleine joue les derniers airs de Verdi : *La Donna e mobile,* «

La Femme est changeante, » etc., et sa voiture put rouler, craquer, crier, sans lui donner la chair de poule. Aussi nous arrivâmes bientôt à Viterbe.

V

Séjour à Viterbe

Quoi qu'en disent les guides italiens, cette ville n'est ni belle ni bien bâtie : elle est seulement très intéressante. Bien assise sur un plateau élevé, entre deux collines qui dominent la plaine et la mer, c'est la ville la plus importante des États romains du côté occidental des Apennins. C'est dans ses environs que l'on commence à voir, en venant de Rome, de beaux vestiges de végétation et de culture, quoique cela soit bien inférieur à tout ce que l'on voit dans les vallons de l'Ombrie et dans les plaines de la Romagne. Les mines de fer qui gisent dans cette région et des eaux sanitaires très fréquentées font une partie du bien-être des habitants des alentours.

Je m'arrêtai trois jours à Viterbe. Quelques beaux tableaux, de vieux monuments, une jolie fête populaire dans un petit village voisin firent les frais de mes études et de mes plaisirs.

C'est, de ce côté de l'Italie, un des lieux où l'on rencontre le plus de vestiges de la domination gothique ou lombarde. Ces migrations violentes s'étaient surtout arrêtées dans la Gaule Cisalpine, en Toscane, dans l'Ombrie et l'Émilie et dans la plus grande partie des Romagnes. Mais nulle part ces nations n'ont laissé autant de traces que dans ces dernières provinces, surtout dans les villes de second ordre. Moins exposées, à cause de leur position géographique et de leur importance secondaire, aux révolutions politiques ou industrielles, ces villes ont mieux gardé l'empreinte des âges.

Chaque siècle s'est peint à côté de son prédécesseur sans l'effacer. Et c'est là un intérêt tout particulier qu'offre l'Italie aux yeux des étrangers : le climat n'y a rien détruit et l'on retrouve partout les souvenirs de ces générations couchées les unes sur les autres dans la tombe du passé, comme ces dépôts de fossiles inconnus, dans les vieilles formations du globe. J'ai passé bien des heures à parcourir ces vieux quartiers de Viterbe et plus tard de Pérouse, véritables labyrinthes où la vie et la lumière semblent ne plus oser habiter.

Les rues étroites, monstrueuses, tordues, fuient, comme de longs corridors, sous des voûtes, des passages et des arcades ou à l'ombre de deux lignes de grands toits qui se croisent devant les rayons du soleil, de manière à ne leur permettre jamais d'arriver jusqu'au pavé. À Pérouse, j'ai remarqué une de ces rues qui s'enfonçait toute entière sous une longue suite de vieilles constructions ; il m'arriva de m'y aventurer le soir ; j'avoue que j'éprouvai un saisissement pénible, en entendant le bruit de mes pas courir devant et derrière moi, dans cette sorte de caverne humide où je ne voyais que la lueur des petites lampes suspendues aux murs à de longs intervalles et mon ombre que leur vacillement faisait danser comme un fantôme.

Les ouvertures qui se trouvent au bas des maisons paraissent toutes conduire vers des souterrains, tant elles sont abaissées sous le sol. À l'extérieur, des escaliers de pierre montent au premier étage, unis d'un côté au mur de la façade sur lequel ils dessinent des arcs-boutants qui servent à les soutenir. Ils conduisent aux seules pièces qui semblent habitables par la famille et qui s'élèvent presque toujours à quinze ou vingt pieds au-dessus de la rue. On aperçoit çà et là, au haut des entrées principales, de vieux écussons qui ont perdu en partie leurs devises et leurs emblèmes ; souvent, il y en a plusieurs d'un caractère tout à fait différent, enchâssés les uns à côté des autres, ce qui annonce que des alliances de familles ou une succession de propriétaires étrangers a eu lieu dans ces nobles demeures. Quelques-uns de ces vieux blasons avaient été recouverts d'une couche de ciment dont le temps les a délivrés peu à peu, et l'on retrouve ainsi le souvenir ou les traces de noms illustres que l'on avait peut-être voulu faire oublier. À un endroit, j'ai vu qu'un cordonnier avait suspendu une forme de chaussure au cimier d'un casque qui décorait l'écu d'un baron, affichant son métier là où l'autre avait étalé sa noblesse.

Des édifices entiers annoncent les mêmes vicissitudes. Les ouvertures et les ornements ont cent fois changé de caractère et de place. Les fenêtres ont tour à tour été arrondies, pointues ou carrées. Une façade, avec un joli portique roman et de grandes croisées, qui devait faire partie d'un église, décore aujourd'hui un fenil. Un tombeau superbe, orné de sculptures délicates, adossé sans doute autrefois au mur d'une chapelle de famille, se trouve maintenant au bord d'un carrefour ; des gamins ont broyé les caractères de l'inscription avec des pavés et ils s'amusent à décorer de bonshommes le marbre noir de leurs figures.

Les tours sont très nombreuses dans ces vieux quartiers. Là où elles n'ont pas été détruites, on en rencontre à chaque pas, il s'en élève une au-dessus de chaque groupe de maisons. Dans une esquisse que je fis en courant, on en voyait quatre sur le premier plan.

La féodalité a eu en Italie un autre caractère que dans le nord de l'Europe. Le seigneur n'a jamais supplanté tout à fait le régime municipal, fortement organisé dans la vieille société romaine. Il dominait bien la petite population, il la pillait même comme ses confrères du Nord, mais c'était plutôt au moyen de la faction. Au lieu d'aller comme ceux-là établir son donjon sur un point inaccessible des montagnes, pour pouvoir tenir ses serfs en respect et narguer ses voisins, il se fortifiait dans les cités, au milieu de ses partisans qu'il pouvait facilement abriter sous son toit, dans les temps de discorde ou de guerre civile dont il était toujours l'instigateur. Voilà la raison de ces rues voûtées, de ces rares ouvertures dans le bas des maisons, de ces énormes grilles de fer qui les ferment, de ces murs épais, enfin de ces grandes tours qui permettaient d'observer le voisinage, de lancer au loin des projectiles et qui servaient en outre à la captivité ou à l'exécution des vaincus. Car c'est du faîte de ces tours qu'on les précipitait souvent, quand la foule ameutée demandait sa part de vengeance.

Ce système de construction se perpétua jusqu'à l'extinction des sanglantes querelles des Guelfes et des Gibelins, qui avaient divisé chaque ville et presque chaque famille en deux camps. En Toscane, où ces affreuses contestations se perpétuèrent plus longtemps et avec plus d'acharnement que dans les autres parties de l'Italie, à cause du grand nombre de familles influentes qui s'y partagèrent le pouvoir et la richesse, les palais, même d'une époque déjà moderne, ont tous l'aspect d'énormes forteresses capables de loger plusieurs mille combattants.

VI

À pied

En m'éloignant de Viterbe, je voulus renoncer au supplice de la diligence. Outre la fatigue que me donnait ce mode de voyage, il me paraissait encore trop rapide. À chaque pas que je faisais sur cette belle terre, je sentais que, si ma mémoire allait se parer d'un brillant tableau, mon cœur allait garder un long regret.

Je partis donc à pied, sans guide, avec une carte d'Italie et ma petite connaissance du pays et de son idiome pour diriger mes pas. Je portais en outre sur l'épaule l'humble bagage de peintre-touriste dont voici les détails : d'abord, la boîte aux couleurs, indispensable au métier, et deux ou trois albums, puis un sac de voyage, composé de façon à ne pas tenter trop les voleurs, à lasser le moins possible son propriétaire, et pouvant cependant contenir une toilette assez complète pour faire convenablement mon entrée dans les villes. Il faut avant tout, pour être bien reçu à l'auberge, ne pas trop faire pitié aux maîtres de la maison. Pour aider ma marche dans les montagnes, j'avais pris un long bâton ferré, comme devaient en porter les pèlerins d'autrefois ; il me servait encore d'appuie-main dans le travail de mes esquisses et d'arme défensive contre les chiens mal appris qui ne respectent pas d'ordinaire les porteurs de sacs.

En quittant Viterbe, quoique j'eusse un vague pressentiment des grands événements qui ont changé depuis l'état politique des Italiens, je ne prévoyais pas que je franchissais pour toujours les limites du domaine du Souverain Pontife, qui ne me paraissaient pourtant pas dignes de tant d'envie. En effet, l'espace que nous venions de franchir depuis Rome, avec celui qui s'étend de cette même ville à l'ancienne frontière du royaume de Naples, formait, au temps où je le parcourus, tout l'État pontifical. C'est tout ce qu'il y a de plus improductif et de plus misérable dans la Péninsule : une plaine de près de quarante lieues de long sur douze de large en moyenne, où, à part Rome et quelques petites villes dont les alentours suffisent à peine à l'alimentation, on ne voit que marais et terres incultes. Encore faut-il ajouter que la plupart de ces villes secondaires et leur territoire sont des propriétés princières et que la malaria, cette peste particulière à l'atmosphère de Rome, y fait des ravages continuels.

J'ai dit plus haut que les voleurs avaient été de tout temps une plaie de ces campagnes : il en a été ainsi des fièvres pestilentielles qui y sévissaient même dans les belles années de Rome ancienne, car ce n'est que sous les premiers empereurs que l'on a réussi à assécher les marais Pontins qui sont une des principales mais non la seule source de ces maladies. Les grands travaux que l'on fit dans ce but ayant été détruits plus tard, le mal non seulement reparut mais fit des progrès considérables.

Les forêts qui assainissent l'air avaient été rasées. Sur la fin de l'empire, toute l'administration civile étant tombée dans le plus grand désordre, les travaux les plus nécessaires à la vie des populations furent oubliés.

Tout le moyen âge vint à la suite, avec son cortège de ruines, passer sur ces plaines devenues désertes : car, à la suite des inondations de barbares, les peuples des campagnes, ne se trouvant plus en sûreté, se réfugièrent en partie dans les enceintes fortifiées des villes.

Ainsi, tout ce qui demandait le travail de l'homme pour se conserver, dut périr. Si, dans les villes où il restait toujours un certain noyau d'habitants et les apparences d'une société organisée, à Rome surtout où le corps de l'Église avait une constitution régulière, on a pu se laisser tellement envahir par la ruine et l'incurie qu'il se fit une accumulation de décombres, de poussière et d'ordures d'une épaisseur de vingt à vingt-cinq pieds, imaginez ce qui arriva dans les campagnes. Tous les aqueducs, à l'exception de deux, je crois, s'étaient rompus, et les eaux qu'ils conduisaient en si grande abondance se répandirent longtemps le long de leur parcours, formant des mares sans issue. D'un autre côté, les canaux d'assainissement, qui servaient en même temps à l'irrigation, s'obstruèrent puis disparurent avec toutes les beautés, toutes les richesses de culture et de végétation ; il ne resta que l'herbe des champs. Les eaux pluviales qui, une ou deux fois l'an, ruissellent sur cette plaine, ne trouvant plus leurs égouts ordinaires, s'arrêtèrent dans tous les bas-fonds, y accumulant avec elles des amas considérables de détritus végétaux. Ces dépôts, détrempés chaque année dans les eaux stagnantes, se trouvèrent ainsi préparés à cette espèce de distillation qui s'opère, pendant six mois, sous les rayons brûlants du soleil, et qui répand sur tout le pays des miasmes putrides.

Les maladies pestilentielles sont communes à plusieurs provinces de l'Italie, mais c'est surtout à l'embouchure de ses trois plus grands fleuves, le Pô, le Tibre et l'Arno, que ces maladies règnent avec plus de rigueur. Il est aisé d'en voir la raison par une simple étude géographique.

À ces endroits, la plaine s'élargit et se redresse. Les diverses chaînes détachées des Apennins qui s'élèvent tout autour, forment de vastes amphithéâtres demi-circulaires ; de sorte que, à la saison des pluies, toutes les eaux se précipitent avec fureur en convergeant vers les trois artères principales de l'Italie. Tout est entraîné dans le cours de ces inondations annuelles : terrains, demeures et végétation, et, comme les torrents rencontrent souvent les flots contraires de la mer, ils sont forcés de déposer les restes de leur butin sur les rivages qui s'exhaussent ou se prolongent au loin en lagunes. Ces alluvions ont changé complètement la configuration de toutes les côtes qui longent la Méditerranée depuis Corneto jusqu'à Terracine, dans les États romains, ainsi que celles qui avoisinent l'Arno et le Pô.

Des villes qui avaient été bâties sur la mer, s'en trouvent aujourd'hui éloignées de quatre à six lieues.

Adria, qui a donné son nom à l'Adriatique, est de ce nombre. Ostie, ce fameux port de Rome ancienne, est enseveli loin du rivage. Pise et Venise, mais surtout la première, seraient bien en peine aujourd'hui de loger leurs flottes d'autrefois.

Les côtes de la mer se sont donc élevées et les plaines se sont abaissées par un effet contraire et naturel.

Il s'est accompli en grand ce que nous remarquons sur les chemins qui descendent des coteaux. Vous avez vu que les points qui reçoivent plus directement la chute des voitures finissent par se creuser, et les terres enlevées vont se porter plus loin pour former ces cahots que nous connaissons si bien au Canada. Le lit des fleuves s'est aussi élevé à leur embouchure, ce qui les a rendus incapables de donner cours aux eaux d'une averse un peu considérable. Tout cela a donc aggravé le mal des inondations.

Un autre travail s'est aussi fait avec les années. Après la saison des pluies et sous les ardeurs d'un soleil prodigue, il naît de tous les limons et de tous les débris de végétaux déposés dans les fonds de la vallée, une végétation nouvelle et abondante, mais infailliblement destinée à être ensevelie de nouveau sous d'autres détritus. Vous concevez l'épaisseur de ce dépôt végétal qui s'accumule librement, depuis plus d'un millier d'années, sur une surface de quelques cents lieues d'étendue, et vous pouvez aussi vous faire une idée de l'abondance de gaz délétères qu'il doit fournir à l'évaporation. Aussi, tout le littoral des États romains, depuis la Toscane jusqu'au royaume de Naples, souffre-t-il de ces émanations, ainsi que toute la vallée du Tibre.

C'est l'aspiration de ces gaz qui est si dangereuse.

Le soir, depuis le coucher du soleil jusque vers neuf heures, l'atmosphère est rafraîchie par les brises de la mer, et il se fait toujours une forte condensation des vapeurs de la terre qui retombent à la surface en couches légères et argentées. Il est alors très imprudent de se reposer à l'extérieur des maisons, et surtout de s'asseoir sur l'herbe, dans la campagne.

Les étrangers se laissent facilement séduire par le spectacle des beaux soirs de Rome ; ils aiment à voir ces jolis voiles de brume descendre sur les ruines, couronner les tombeaux, flotter sous un groupe de pins parasols ; ils jouissent à respirer les premiers souffles du vent du soir après de longues journées brûlantes ; ils se laissent volontiers tomber sur un gazon, après de pareils jours, devant de tels tableaux ! Mais ils paient presque toujours très cher ces jouissances, toutes frugales qu'elles sont.

J'ai connu plusieurs artistes, avides à l'extrême de semblables plaisirs, qui se repentirent, mais un peu tard, de s'y être abandonnés. Ils venaient de faire tous ensemble une excursion sur les bords de la mer, dans les environs d'Ostie, je crois. Après une marche fatigante, suivie par un dîner de circonstance, ces tendres amants de la nature s'étaient laissé tenter par les charmes d'une sieste champêtre. Le poison se glissa avec les pavots, et tous furent saisis par la maladie. Quelques-uns en furent affectés pendant longtemps, car c'est le caractère de ce mal de reparaître après de longues périodes, et même de poursuivre sous des climats étrangers celui qui en a une fois souffert.

Pie VI, ce souverain généreux, avait entrepris l'assainissement de ses États, et il avait commencé par assécher une partie des marais Pontins, en y faisant pratiquer de grands canaux. Mais la tâche était gigantesque pour un seul homme, aidé des seuls moyens que peut fournir un petit État ; les infortunes d'ailleurs vinrent bientôt interrompre une si belle entreprise. Napoléon, qui avait déjà exécuté des travaux publics immenses dans toute l'Italie, songeait peut-être à faire continuer ceux-ci, pour l'orgueil du futur roi de Rome. Mais il disparut avant de pouvoir donner suite à ses projets.

Je suis sous l'impression que d'autres ouvrages ont été exécutés par Pie IX, mais dans quelques autres parties des États romains. Dans tous les cas, l'amélioration peu sensible opérée dans l'état sanitaire de ces campagnes doit désespérer le gouvernement : elle démontre que les causes du mal sont considérables et qu'elles exigeraient des sacrifices immenses et constants pour être détruites. Il faudrait entre autres choses établir un système complet de canaux, pour distribuer avec économie les eaux pluviales, mais il serait urgent surtout de couvrir de plantations forestières toute cette grande plaine dénudée, afin de produire par elles l'absorption des gaz dangereux, et puis la coloniser régulièrement. Ceux qui connaissent les ressources de ce pays, la crainte que les populations ont de séjourner dans ces champs déserts et l'aversion que la plupart éprouvent pour tout travail long et pénible ; ceux qui, en outre, à l'aide de la science et de l'expérience, peuvent calculer ce que coûterait de temps et d'argent un pareil travail, accompli sur une surface de quelques cent lieues, sont seuls en état de dire s'il aura jamais son exécution complète. Il n'y a qu'un gouvernement puissant qui puisse accomplir de semblables entreprises.

Quoi qu'il advienne, je ne vois pas pourquoi on a toujours fait un crime aux papes de ne pas l'avoir déjà exécuté, quand il n'a pas pu l'être entièrement durant la plus grande puissance de l'empire romain. Depuis Boniface VIII (1294) jusqu'à Pie VI, pas moins de quinze Souverains Pontifes se sont occupés de travaux d'assainissement. Aujourd'hui que la révolution a ravi à Pie IX l'Ombrie, l'Émilie et les Romagnes, seules provinces qui donnaient des revenus à l'État, il devient impossible à ce généreux pontife de continuer l'œuvre de ses prédécesseurs.

VII

À vol d'oiseau

Mais je vous demande pardon de m'être arrêté si longtemps dans le désert, au milieu de la désolation, quand je touchais aux confins de la terre promise, quand j'étais si près de tableaux plus riants.

En effet, le territoire d'Orvieto et de l'Ombrie, vers lequel nous allons nous acheminer maintenant, fait un contraste inattendu avec celui que je vous ai fait parcourir. Rempli des souvenirs les plus intéressants de toutes les époques de l'histoire moderne, d'objets précieux au point de vue de la religion et de l'art, c'est en outre une terre délicieuse, un jardin verdoyant, ombragé de vignes et d'oliviers, baigné de rivières et de lacs, tout accidenté par les petits groupes des Apennins dont les sommets, dans cette région, sont couronnés de villages ou de monastères vénérés.

Comme je ne veux pas vous condamner à me suivre pas à pas à travers le pays, sur les chemins poudreux ou dans les sentiers perdus au fond des vallons ou suspendus au flanc des montagnes, comme je veux encore moins vous faire partager les petites misères de la route, je vais vous la faire franchir à vol d'oiseau. Au reste, il serait fastidieux pour la plupart des lecteurs qui n'ont pas fait une étude particulière de l'archéologie et des diverses productions des grands maîtres, d'être arrêtés à tout instant devant des monuments ou d'autres œuvres artistiques d'un ordre secondaire ; et l'on trouvera sans doute plus agréable de faire l'étude de l'art ombrien dans un petit tableau qui en présentera les caractères principaux. Peut-être ce tableau pourra-t-il trouver sa place au bout de la course que nous allons faire.

À un pas de Viterbe s'élève Montefiascone, gros bourg sans importance, assis sur des terres bouleversées par les volcans. Les laves, qui forment en quelques endroits tout le sol, et un petit lac d'eau chaude et sulfureuse que l'on voit près de la route, indiquent assez l'origine de ces terrains. C'est après avoir dépassé cette petite ville que l'on commence à remarquer les vignobles qui produisent le vin d'Este, un des meilleurs d'Italie.

Bolsena est un autre bourg, moins important encore que ce dernier. Il occupe, à quelques milles plus loin, le site de l'ancien Vulsinium, capitale des Volsques. Un lac de peu d'étendue s'étend en face, offrant au regard de charmants horizons. Une montagne de basalte s'élève en arrière, laissant voir sur son flanc dénudé une belle colonnade de prismes hexagonaux : c'est une des plus curieuses formations de ce genre qu'il y ait en Europe.

Après avoir franchi quelques monticules, en se dirigeant du côté des Apennins, l'on rencontre bientôt Orvieto avec ses murs échelonnés, ses tours, ses vieux couvents et sa gracieuse cathédrale. Elle apparaît soudainement, comme une création féerique, sur la pointe d'un grand rocher, isolé au milieu d'une vallée fertile qui s'abaisse tout autour en amphithéâtre. Parmi les choses curieuses que renferme cette ville, se trouve un puits creusé entièrement dans le roc jusqu'à la profondeur de deux cents pieds. On y descend par deux escaliers en limaçon qui sont si spacieux et si faciles à la circulation que l'on peut s'y aventurer à cheval ou à dos d'âne : c'est de cette manière que l'on va commodément faire sa provision d'eau.

Laissant Orvieto le matin, on trouve, après quelques heures de marche, Cita del Pieve. Elle est assise sur le versant d'une jolie colline, en face d'autres collines couvertes de pâturages, où l'on voit errer par groupes des troupeaux et des bergers.

Enfin, à des distances à peu près égales et toujours couronnant des montagnes, toujours au milieu de vallons fleuris, baignés par des lacs et des rivières, toujours sous le beau ciel de l'Italie, on rencontre Pérouse, Assise, Foligno, Spoleto, Terni, etc. Toutes ces petites villes semblent être venues s'asseoir sur ces hauteurs pour contempler la belle nature qui les entoure ; et, quoiqu'elles soient très vieilles, étant à peu près toutes de date étrusque, elles n'ont pas l'air décrépit, elles vivent de cette vie et de cette beauté éternelles qui les environnent, elles recouvrent toujours leurs ruines d'un ciment nouveau ; et sur la terrasse qui domine un mur cent fois détruit, on voit encore la gracieuse Ombrienne entrelacer les ceps d'une jeune vigne et renouveler les fleurs de ces vieux vases de terre qui ont vu naître quelques centaines de printemps.

Isolées les unes des autres, séparées par des montagnes escarpées, ces petites villes sont nécessairement tranquilles ; on ne s'y consume pas dans un actif brocantage, on ne va pas tenter les hasards des mers et l'on se trouble peu de ce qui se passe au delà de ces montagnes bleues, si harmonieusement unies pour abriter un véritable bonheur. Là, les nécessités de la vie ne sont pas tellement pressantes que les habitants soient obligés de recourir à ces mille moyens factices, à toutes ces industries qui nous sont ici plus nécessaires pour faire fortune ; on vit en famille, on recueille sans beaucoup d'efforts, sur les rochers arides, des raisins excellents, des olives, de la soie, des fruits de toute espèce ; on dirige à travers les prairies, pour les rafraîchir, les ruisseaux qui descendent des coteaux ; on fait paître de beaux troupeaux de moutons. C'est dans l'Ombrie que Rome ancienne venait prendre ses brebis grasses pour ses sacrifices, et c'est encore là que les grands marchés vont s'approvisionner de bonne chair.

Je sais qu'il ne faut pas aller chercher les grandes fortunes au milieu de ces populations ; mais, comme elles ne se sont pas créé de ruineuses nécessités, elles ont de quoi satisfaire leurs modestes désirs. Les femmes se tissent des étoffes pour se faire de jolis jupons, pas trop longs. Elles se font des corsages élégants, pas trop courts, qu'elles ferment sur l'épaule et sur la poitrine par de simples nœuds de ruban. Elles se fabriquent aussi des écharpes de soie, rayées de différentes nuances, qu'elles nouent autour de leur taille ou qu'elles jettent négligemment sur leur tête. Elles ont assez de bon goût pour penser qu'une chevelure abondante et bien peignée, relevée sur le col par un beau ruban de couleur vive, qu'un fichu brodé de leur main et drapé sans trop d'art sur leurs épaules, encadrent suffisamment une jolie figure. Comme les filles de la Grèce, les Ombriennes ont toujours compris, jusqu'à ces dernières années, que la simplicité est le plus beau vêtement de la beauté. Elles n'ont pas encore demandé à leurs papas ni à leurs maris, ni... à d'autres des chiffons dispendieux, à la mode de Paris, des souliers de satin, des plumes d'autruche et ces mille accessoires multicolores tels qu'en traînent sur la poussière de nos chemins nos plus humbles filles des champs.

Dans l'Ombrie, comme dans presque toute l'Italie, chaque famille chôme la fête de son patron en famille. Comme pour ces braves gens l'ivrognerie n'existe pas et que pour eux se priver de la raison c'est se priver d'un plaisir, ces réjouissances ne peuvent avoir que de bons résultats. J'ai assisté à deux de ces fêtes populaires, en passant dans ces campagnes, et je n'y ai remarqué que des amusements convenables où s'épanchait une gaieté pleine d'abandon et de simplicité.

Placées entre la Toscane et la plaine du Tibre, ces populations participent aux facultés, au caractère et au type des Toscans et des Romains. Chez eux, la pétulance d'esprit, la mobilité incomparable de la physionomie, la politesse pleine de démonstrations et de protestations des Florentins se montrent encore, mais modifiées ; l'esprit est plus calme, les paroles ne se précipitent plus sur les lèvres, comme les étincelles d'un feu de joie ; la physionomie et les membres ne s'agitent plus autant ; enfin, la gaieté est moins fébrile et les rapports sociaux, tout en conservant beaucoup d'aménité et de formes gracieuses, sont plus sincères. Les Romains, en communiquant aux Ombriens un peu de cette royale placidité, de cet esprit sérieux et magistral qui les distinguent, ont évidemment contribué à former chez eux ce caractère de *transition,* de même que, en ajoutant à l'imagination vive des Toscans quelque chose des passions fortes et contenues, profondes et constantes des Romains, les habitants de l'Ombrie se sont trouvés doués d'heureuses dispositions pour l'existence ardente et dévouée du cloître, pour les vives et mystiques aspirations de la vie contemplative. L'Ombrie, avec la partie de la Toscane qui l'avoisine, est bien certainement en Italie le séjour favori des natures ascétiques ; aussi ont-elles été le berceau de l'art le plus pur et le plus inspiré de la beauté divine. Dieu a répandu tant d'harmonie dans ces solitudes !

Rien de heurté dans le paysage, toutes les lignes ondulent vaguement, toutes les teintes se fondent, la terre semble s'unir au ciel par les sommets des Apennins qui deviennent de plus en plus diaphanes, à mesure qu'ils s'éloignent et qu'ils s'élèvent ; et, lorsque les vapeurs du soir viennent s'entasser au-dessus, elles paraissent continuer dans un espace infini un panorama d'autres montagnes et d'autres plaines. La nuit s'infiltre lentement dans le jour par une multitude de teintes roses puis violacées, au milieu d'un concert immense formé par tous les chants et les bruits du soir. Harmonisés et répercutés dans le vaste foyer de la vallée, ces sons variés s'élèvent et se perdent dans le silence des cieux. C'est l'hymne d'une terre bénie ! C'est bien ici que Raphaël devait naître ! Raphaël, dont l'œuvre est toujours là comme la suprême expression de la grâce et de la beauté divines !

VIII

Raphaël

En effet, la Providence ne pouvait déposer cet heureux génie au milieu d'un berceau mieux paré. Ici, la nature fut son premier et presque son seul maître : il n'eut qu'à ouvrir ses beaux yeux profonds et sereins, et les tableaux les plus variés vinrent s'y mirer. Pendant qu'il savourait le sein généreux de sa mère, son regard, en errant autour d'elle, s'abreuvait de grâce et d'harmonie.

Fortement doué du sentiment du beau, il n'eut pas besoin plus tard de longues leçons pour le connaître : il l'avait vu dans ces horizons montagneux, durant ces soirs d'Eden, près de ces petits lacs sans ride, au milieu de ces vallons paisibles qui charmèrent son enfance. Il l'avait surpris dans les ébats de bambins polis et joyeux comme lui avec lesquels ils avait souvent fait sa cour à l'aurore, parmi le thym et la rosée. Il l'avait admiré dans les formes sveltes et ondulées des filles d'Urbino, de Foligno et de Pérouse, mais surtout dans les traits plus accentués de cette belle race que l'on retrouve encore sur les rives du Tibre, portant le caractère de sa grandeur passée ; et toutes ces formes du beau, en laissant à toute heure dans sa jeune âme une impression de plaisir, s'étaient pour ainsi dire incarnées en lui. Aussi, quand il put saisir un pinceau, quand son père lui eut appris à le diriger sur la toile, il était déjà peintre. Le flot de la beauté commença dès lors à ruisseler de sa pensée ; la source en devint bientôt si abondante que sa main semblait ne pouvoir suffire à l'épancher, et la mort seule put la tarir.

Une autre influence féconde que Raphaël reçut dans son berceau, ce fut celle des peintures de Beato Angelico et du Pérugin. Ces pures créations du génie chrétien peuplaient déjà l'Ombrie.

À cette époque, la grande école florentine commençait à étudier beaucoup trop le beau idéal païen dont tout le monde recherchait alors les types ; les artistes perdaient insensiblement les traditions de l'art chrétien, et surtout la beauté qui lui est propre, celle qui émane, chaste et sainte, de nos dogmes divins. Raphaël échappa d'abord à ce danger, et, quand il fut atteint plus tard de l'esprit de son temps, il avait déjà produit ses plus beaux chefs-d'œuvre.

Il était âgé de douze ans, quand son père, qui lui avait enseigné tout ce qu'il pouvait lui apprendre de dessin et de peinture, vint le confier aux soins du Pérugin, qui habitait alors la ville dont il a eu l'honneur de retenir le nom, Pérouse. Celui-ci fut frappé de la figure gracieuse de l'enfant d'Urbin et ne put s'empêcher de l'accueillir avec empressement : il y avait dans lui quelque chose de ce charme invincible qui lui attira toujours l'affection autant que l'admiration de ceux qui le connurent, des rois comme des valets.

Le Pérugin nous a laissé les traits de son jeune élève dans une peinture qu'il fit vers cette époque. Malheureusement, cette œuvre, qui représente la résurrection du Sauveur, n'est pas une des meilleures du vieux maître. C'est sous l'armure d'un soldat endormi qu'il a mis la jolie figure de Raphaël. – Un soldat de onze à treize ans, cela n'est pas heureux ! – Au reste, ce n'est pas la seule naïveté que le vieux Pietro a commise sur cette toile : il a eu de plus l'idée de s'y représenter lui-même sous l'accoutrement d'un autre soldat qui, éperdu d'épouvante, s'enfuit à toute jambe dans la campagne. Il eût peut-être été plus naturel de faire fuir le guerrier de treize ans. Il est vrai aussi qu'il est bien dans les convenances que le pauvre enfant soit endormi : à treize ans, le sommeil est facile, et puis, en se mettant en fuite en peinture, l'auteur a peut-être plus écouté son instinct naturel que son goût artistique. J'en viens à conclure que, si le tableau est peu judicieux, les portraits sont au moins dans le vrai, et je sais gré au vieux maître de nous avoir conservé cette première et faible empreinte des traits de son élève.

Celui-ci, si je me rappelle bien, est représenté à demi couché, la tête appuyée sur la main ; ses cheveux, qu'il portait déjà longs, tombent comme une frange de soie noire tout autour du col, quelques mèches se jouent négligemment dans ses doigts effilés : c'est presque la même attitude qu'il a prise quelques années après, dans ce joli portrait que l'on voit au musée du Louvre et que tout le monde connaît par la gravure.

Je ne sais plus combien d'années Raphaël passa dans l'atelier du Pérugin, mais ce dont je suis certain, c'est que les traits de son pinceau se firent bientôt remarquer parmi ceux de son maître, et un œil exercé peut les y découvrir encore aujourd'hui dans les œuvres auxquelles ils travaillèrent en commun.

J'ai recherché avec soin, à Pérouse, les premiers essais du jeune élève : on en voit dans quelques édifices publics. Quoiqu'ils soient tous dans le style du maître, on y distingue cependant déjà cette grâce aisée, cette délicatesse de goût, cette élégance de forme, cette abondance d'idées et cette facilité de touche, qualités qu'il a possédées plus tard au plus haut degré. Cela frappe de suite, c'est l'essor du génie qui franchit son berceau : car la grâce est encore enfantine, la touche est naïve, la forme est frêle, le trait est un peu accentué, mais l'œuvre est lucide, une, complète et elle plaît même aux habiles, car quelle main pourrait la retoucher ?

Cela ressemble au langage d'un enfant gracieux dont les incorrections ont souvent quelque chose qui charme.

Cette époque des premiers essais de Raphaël, qui comprend ce que l'on appelle sa première manière, fut très courte : elle peut embrasser cinq ans au plus de la vie de l'artiste, et, quoique durant cet espace de temps il soit peu sorti du champ exploité par son maître, il a cependant produit un grand nombre de petits tableaux charmants. Un des plus célèbres est celui qui représente le mariage de la sainte Vierge. Ceux qui ont pu étudier cette gracieuse composition dans la gravure, peuvent juger du caractère de cette première manière et de la perfection que le peintre enfant avait déjà acquise.

La seconde manière de Raphaël commence vers le temps de ses deux voyages à Florence, qui furent assez rapprochés. La contemplation des peintures de Masaccio, de Fra-Bartholomeo et de Léonard de Vinci opéra chez lui une transformation : son dessin prit plus d'ampleur et de souplesse, ses compositions devinrent plus variées, son style s'enhardit. Il ne répudia rien de ce beau idéal chrétien qu'il avait conçu jusqu'alors, mais il s'appropria chez les maîtres savants qu'il venait d'étudier des moyens plus abondants pour l'exprimer. Il cessa donc de produire des imitations embellies de la pensée de son maître ; son âme entrait comme son corps en pleine maturité ; il avait maintenant acquis un langage digne d'exprimer sa propre pensée, il commença à le parler divinement.

Cette seconde manière pourrait s'appeler plus justement sa manière propre, car c'est celle où il est entièrement original ; et, si j'exprimais mon appréciation, je dirais que c'est celle où il est le plus parfait. Toutes ces jolies madones qu'on connaît par la gravure, appartiennent à cette catégorie des productions de Raphaël, ainsi que l'immortelle fresque du Vatican, généralement appelée la dispute du St. Sacrement, qui couronne si dignement cette phase admirable du talent du peintre. Quand il l'exécuta, il venait d'être appelé à Rome par Léon X. Il avait vingt-cinq ans. Il était sur le plus grand théâtre du monde civilisé, dans le palais du représentant de la plus sublime doctrine qui ait été donnée à la terre. Une hérésie furieuse venait de soulever des doutes sur la vérité d'un des plus purs mystères de notre religion, celui de la présence réelle. Imaginez ce que dut faire Raphaël dans ces circonstances !

Quant à moi, je le répète, je n'ai rien vu au-dessus de cette grande œuvre, où le ciel et la terre, unis dans une communion de lumière intellectuelle, étalent aux yeux des hommes, autant que peut le faire une image, toute la sublime beauté de nos symboles. Cette peinture, au moment où elle fut exécutée, fut encore un triomphe de notre foi sur l'hérésie !

On désigne de plus une troisième manière de Raphaël ; mais, comme je ne prétends pas faire ici une étude complète des travaux de ce grand peintre, je ne m'occuperai pas de celle-là. Je n'ai fait cette esquisse imparfaite de sa vie que parce qu'elle a été la plus grande gloire du délicieux pays que nous venons de parcourir, et je m'arrête à cette seconde manière, parce qu'elle est la suprême perfection de cet art chrétien dont il avait puisé la beauté dans ce même pays.

IX

Un épisode

Quelques lecteurs pourraient peut-être s'imaginer que les excursions pédestres, qui sont si communes en Italie, n'offrent que des jouissances sans mélange. Pour ne pas les laisser sous une impression qui pourrait leur être funeste un jour, je leur raconterai un petit épisode où la prose et la réalité ont bien pris la grosse part que j'avais faite d'avance à la poésie.

D'abord, voici comment je procédais. À l'aide de ma carte, je traçais l'itinéraire de la journée, désignant la longueur de la course et mon étape pour la nuit. Mais sur le chemin il m'arrivait d'embrouiller mes calculs. Je n'avais pas apprécié, par exemple, les nombreuses sinuosités de la route ni prévu les attraits que j'allais trouver semés sur ses bords ; quelquefois je perdais le bon sentier ; et cependant il m'était presque toujours impossible de m'arrêter à mi-chemin. Dans ces pays, on peut faire souvent plusieurs lieues, même dans des terres bien cultivées, sans voir une seule habitation. Là, les maisons ne sont pas régulièrement distribuées sur la propriété agricole, ainsi qu'en Amérique. Comme le sol n'appartient ou n'a appartenu qu'à de grands propriétaires, les habitants se sont groupés autour de la demeure de ceux-ci. Il n'y a que dans les environs des grandes villes que l'on voit des habitations isolées dans la campagne ; partout ailleurs elles sont toutes groupées en villages.

J'étais parti un matin de Monte Fiascone, avec l'intention de me rendre à Orvieto qui en est séparé par une route de près de huit lieues. En cheminant, je trouvai sur les bords de son lac le petit bourg de Bolsène dont je vous ai déjà dit un mot. Il est adossé à un grand rocher dénudé et blanchi : c'est plutôt un assemblage de vieilles masures entassées autour d'un château moyen âge qui les domine de sa figure délabrée. Auprès, une grande tour s'élève du milieu d'un bosquet de mûriers, et tout cela se mire dans un petit coin du lac bleu. Ce lac a aussi son charme particulier : limpide comme le ciel qu'il reflète, il baigne dans son sein deux petites îles qui semblent ne s'être établies là que pour faire plus à l'aise leur toilette verdoyante et embaumée. Autrefois, des rois y eurent leurs palais somptueux dont il ne reste plus rien que le souvenir d'un crime ; aujourd'hui, durant la saison des chaleurs, les peintres vont s'y rassasier de soleils couchants, de brises matinales et de repas éthérés. J'aurais bien désiré y aller faire comme eux un peu de cette vie contemplative, mais je dus me contenter de m'asseoir en face de ce joli tableau. La chaleur était grande, j'avais franchi une assez longue distance, je sentais le besoin de prendre du repos et mon dîner. Imaginez que l'on me servit un potage aux oignons rehaussé d'ail et dont on avait fait le jus gras avec de l'huile vieille ! Après un pareil repas, le paysage me sembla encore plus beau et je voulus en goûter. Je me mis donc à faire un croquis.

Pendant mon travail, j'oubliai que le soleil glissait sur le couchant et que la lune ne devait pas éclairer mon hémisphère durant la nuit suivante. J'aurais dû pourtant y faire attention, car je redoutais avant tout de rester une nuit dans Bolsène : le dîner passé ne m'avait pas prévenu en faveur du souper et surtout du lit futurs. Quoiqu'il fût quatre heures, je me remis en marche.

En été, avant que la nuit ait éteint toutes les lumières du jour, il est assez tard ; eh bien ! elle avait terminé sa tâche depuis longtemps et j'étais encore sur le chemin, n'ayant pas ralenti le pas un seul instant. Quoique le ciel fût étoilé, les vapeurs qui s'élevaient de terre assombrissaient les ténèbres et voilaient la vue. Je m'avançais donc au hasard, sans savoir où j'arriverais, car, ne trouvant aucune maison sur mon passage, il m'était impossible de savoir si je m'étais égaré.

Vers dix heures, je m'arrêtai ; j'étais épuisé par la fatigue et par la faim ; le silence et l'obscurité m'accablaient, et puis une autre difficulté venait de se présenter : une seconde route s'ouvrait en cet instant devant moi, croisant celle où j'avais si longtemps marché. Laquelle devais-je prendre ?... Après avoir cherché quelque indication, en tâtonnant autour de moi, je ne trouvai qu'une borne militaire, sans chiffre, sur laquelle je me laissai tomber.

Je n'avais rien sur moi pour étancher ma soif et pour ranimer mes forces, car toutes mes provisions de bouche ne consistaient que dans une demi-livre de thé vert dont je m'étais pourvu en laissant Rome, pour prévenir les symptômes de nostalgie qui se manifestaient quelquefois chez moi dans mes soirs d'isolement et de lassitude. Le moment était bien trouvé pour en faire usage, mais où établir la cuisine ?...

L'appréhension que j'avais de m'égarer davantage, si je l'étais déjà, m'ôta tout désir de me remettre sur pieds. Je résolus de m'héberger aux frais de l'État et de me coucher au bord du chemin. L'air était tiède, je pouvais fort bien me contenter pour un soir d'un couvre-pied du ciel étoilé : « Puis, pensai-je, demain je n'aurai pas beaucoup plus faim, je serai plus agile et j'y verrai clair. »... Je disposai donc ma boîte à couleurs et mon sac en forme d'oreiller et je me mis au lit. J'allais fermer l'œil, quand j'entendis dans le lointain le son d'une cloche de monastère qui annonçait sans doute aux moines l'heure des prières nocturnes. Dans le même instant, un autre bruit vint encore frapper mon oreille : je ne pris pas la peine de me dire en me berçant : « Dors, mon fils, c'est un rêve. » Je me levai, je courus au-devant de ce dernier bruit et je rencontrai une voiture qui descendait le versant de la colline sur laquelle nous étions. Son conducteur m'apprit que je n'étais plus qu'à un mille d'Orvieto ! et ce brave homme, dont j'ai gardé le souvenir avec fidélité, quoique je n'aie connu de lui que la voix, me dit que pour me rendre à la ville en droite ligne, je pouvais prendre le dernier chemin trouvé.

C'était une vieille route escarpée que les ruisseaux avaient creusée en ravin. Abandonnée depuis longtemps comme voie publique, elle était remplie de gros cailloux sur lesquels je trébuchais à chaque pas. Eh bien ! le croiriez-vous, j'étais redevenu si dispos que je me surprenais, de temps en temps, fredonnant l'air de « Fanfan Latulippe. » Minuit était sonné, quand je me trouvai devant la porte de la ville. Toutes les lumières étaient éteintes et personne n'avait veillé pour me recevoir, pas même les gendarmes ! L'autorité se couche de bonne heure en province. Je commençai donc à faire du tapage, et, après un quart d'heure, je vis poindre une lueur, à travers un guichet : c'était une lueur de commissaire de police, je n'en fus pas rempli d'espérance. En effet, cet homme dont je venais de briser le sommeil, peut-être au milieu d'un beau rêve, me dit en me passant sa lampe sous le nez : « Le choléra règne sur toute la frontière, on n'entre pas dans la ville sans faire la quarantaine ; il est trop tard d'ailleurs pour que je puisse examiner votre signalement ; allez passer le reste de la nuit dans cet endroit. » Et il me désigna une masure isolée et vide dans laquelle on entretenait des fumigations pour désinfecter les passants. Je frémis : passer la nuit sur un banc de bois, seul, avec un estomac où il me semblait que l'on avait fait le vide au moyen de la machine pneumatique, occuper les loisirs qu'allait me donner une longue insomnie à nourrir mes rêves de vingt-cinq ans avec des vapeurs de chlorure de chaux !... La perspective de ce supplice me causa une succession rapide d'impressions bizarres, heurtées, désagréables surtout. J'allai jusqu'à regretter le potage de Bolsène et mon lit d'herbe où j'allais commencer à clore doucement la paupière... Enfin, je me sentis saisis de perversité. Songeant que les portiers de municipalité, comme tous les portiers du monde, ont une corde sensible, je pris quelques paoli (pièces de monnaie qui valent dix sols), je les mis dans la main de celui-ci et je le priai de me purifier avec cela ; je lui promis en outre, en lui remettant mon passeport, de garder ma figure jusqu'au lendemain, afin qu'il pût la confronter avec mon signalement. Il fut d'accommodement. J'avais corrompu ce représentant de l'autorité, ce gardien du repos et de la santé des bons habitants d'Orvieto ! Je me hâte de dire, pour le repos de mon pays où de pareilles félonies sont encore inconnues, que je ne me sens pour ce genre de délit aucun penchant naturel : la faim, l'occasion... ont fait presque tout le mal.

Je dois ajouter que mon commissaire de police fut non seulement traitable, mais qu'il eut la complaisance de venir me conduire jusqu'à la porte d'une des meilleures auberges où je ne serais probablement jamais parvenu sans lui. La ville était tout à fait plongée dans les ténèbres, car il n'y a pas d'autres fanaux à Orvieto que ceux que l'on veut bien prendre avec soi. Il me fut donc enfin permis d'aller m'asseoir près d'une table qui, n'eût-elle été garnie que d'un *fiaschetto* du délicieux vin du pays dont il porte le nom, m'aurait encore fait l'effet d'un banquet de Lucullus.

L'orvieto est sans contredit le meilleur produit de l'Italie, et j'avoue que je ne l'aurais que très imparfaitement connu, si je n'étais pas venu le prendre à son berceau, comme un enfant que l'on aime. À cette époque, la maladie qui rongeait la vigne avait rendu ce vin très rare et surtout très impur par la falsification. Aussi, un de mes amis de Rome, qui l'avait connu dans son beau temps, me dit-il à mon départ, d'une voix particulièrement tendre : « Ah ça ! buvez un *fiaschetto* d'orvieto à mon intention ! » Je sentis, après avoir accompli fidèlement la tâche, que l'amitié m'en avait rarement imposé une plus agréable : outre le plaisir que son exécution pouvait apporter en elle-même, elle me procura de plus un bon quart d'heure de réminiscences.

Après cette journée pleine de fatigues et d'impressions diverses, éprouvées dans l'isolement de toutes mes vieilles affections, la mémoire au repos me retraça toutes ces bonnes figures aimées, groupées les unes à côté des autres telles que je les ai rencontrées au banquet de la vie, et les douceurs du sommeil m'arrivèrent au milieu des consolations du souvenir.

X

De braves gens

Pendant que je cheminais à travers ces campagnes, j'ai trouvé des paysans qui m'ont offert de monter leur âne ; presque tous me souhaitaient une route prospère, la bonne nuit, et se prêtaient volontiers à ma curiosité. À Orvieto, où j'ai passé plusieurs jours, pour étudier les belles fresques de Luca Signorelli qui se trouvent dans la cathédrale, une bonne dame, en apprenant que j'étais étranger, me donna des témoignages sincères d'intérêt : elle m'envoyait ses petits enfants pour m'accompagner dans la ville et me désigner les sentiers les plus sûrs de la plaine. À Pérouse, un vieux notaire qui travaillait dans les bureaux du Palais del Cambio, où je dessinai quelques belles têtes du Pérugin, après m'avoir fait connaître sa famille, m'avoir donné sur l'administration de la justice d'amples informations, me dit ces bonnes paroles, à mon départ : « Adieu, vous allez bien loin, et j'espère peu vous revoir ; que votre voyage soit heureux ; j'espère que vous retrouverez tous vos bons parents. » Puis il m'embrassa avec émotion ; il semblait penser que j'étais bien seul.

Pour aller de Cita-del-Pieve à cette dernière ville, j'avais repris la diligence. Après avoir fait près de soixante milles à pied, j'étais bien aise de goûter encore à mes anciennes amours. J'occupais, à côté du postillon, le siège le plus élevé de l'avant, que l'on nomme l'impériale. Je pouvais de là dominer tout le paysage. J'avais fait peu de cas de mes compagnons de route qui étaient assis à l'intérieur. Il faut avouer que les aspects variés qui avaient frappé mon regard, en se succédant comme à l'envie autour de moi, avaient complètement absorbé mon attention. Nous arrivions sur la vallée de Pérouse, après avoir franchi des terrains inégaux et sans horizons. Le Tibre, à cet endroit, se divise en deux branches qui vont en serpentant se perdre dans les gorges des Apennins. Un de ces affluents baigne le rocher où s'élève Assise, et l'autre vient passer sous les murs de Pérouse, mirant dans son cours une végétation surabondante qui semble vouloir se déverser dans son sein. Au milieu de la plaine s'élève un grand temple, tout à fait seul ; il abrite la cellule de saint François. Le soleil, qui tombait à cet instant derrière les montagnes, jetait encore un rayon sur sa coupole et la couronnait d'un nimbe enflammé : ce temple m'apparaissait là, comme la consécration de toutes ces beautés de la nature. On ne pouvait mieux placer cet asile de la piété. Le beau est une émanation divine : quand on le goûte, quand on l'aime, il inspire l'adoration, le chant et la prière, ces expressions variées de l'amour ; et quel lieu pourrait en inspirer plus que celui-ci ?

J'étais donc complètement fixé dans une douce émotion, quand je sentis une main qui me touchait au coude, par une des ouvertures antérieures de la diligence, et je vis au bout de cette main un cornet de bonbons qui me parut bien s'adresser à moi. Cependant, avant de puiser dedans, je voulus voir plus loin. Dans cette circonstance, la curiosité était bien de mise, même chez un homme. Sans être peintre, j'aurais bien reconnu, aux contours simples et arrondis d'un joli poignet et aux articulations adoucies des doigts, que je n'avais pas affaire à un loup de mer, pas même à une personne d'un certain âge. Pour voir, je n'avais qu'à me baisser ; je regardai donc, et je vis une jeune personne, tête nue, au visage gracieux, sans être d'une beauté éblouissante comme toutes les immortelles visions des voyageurs. Elle était assise à côté d'un vieillard que je connus plus tard comme étant son père, et vis-à-vis d'un gros oncle que le papa n'appelait jamais que *signor maëstro,* ou *signor professore.* C'était un notaire. En me voyant en haut de mon siège impérial, la jeune fille me porta sa main encore plus directement, me priant, avec une expression de timidité ingénue, de vouloir bien partager ses bonbons avec la famille. Le désir était trop gracieux pour que je ne m'y rendisse pas. On aime les sucreries à tout âge.

On aime aussi à tout âge et dans tous les pays du monde ces démonstrations sincères de bienveillance.

Après avoir fait un long séjour dans des villes étrangères, quand on s'est habitué à ne recevoir que des attentions égoïstes et des services jamais assez payés, qui cachent toujours des goussets tendus et des bienfaiteurs insatiables, on aime à trouver sur sa route une main qui verse dans la main de l'inconnu ce qu'elle a de bon, un cœur qui partage autour de lui ses affections et ses plaisirs : cela n'indique pas toujours une bonté isolée, individuelle, mais des habitudes communes à une société.

XI

Où je m'arrête

Tout ces petits témoignages de bienveillance que je reçus dans l'Ombrie, contribuèrent encore à me rendre ce pays cher. C'était déjà bien assez d'y avoir trouvé un séjour enchanteur, une multitude d'œuvres ravissantes de Beato Angelico, du Pérugin et de Raphaël, de vieux sanctuaires, vénérables aux yeux de l'artiste comme à ceux du chrétien. J'y séjournai donc le plus longtemps qu'il me fut possible.

Établi à Pérouse, je laissais doucement s'écouler les journées, attendant que le choléra disparût de la frontière où il régnait toujours, comme on me l'avait dit si énergiquement à Orvieto. Rien ne m'invitait à aller braver ses fureurs ; sans craindre l'épidémie, j'entrevoyais dans l'horizon bien des quarantaines ! L'étude, plusieurs jolies églises, des couvents intéressants à visiter, une excursion au lac de Trasimène, une autre à Assise se partagèrent mon temps.

Ce serait ici le moment de parler de cet art ombrien dont nous touchons en ce moment le principal sanctuaire, mais je pense que le lecteur (si lecteur il y a) éprouve, comme moi, le besoin de prendre quelques jours de repos, et, comme je sais que nulle part on ne peut être plus tranquille qu'à Pérouse, je crois bien faire de m'y arrêter.

Le carnaval à Rome

Le carnaval, tel qu'on le voit encore dans quelques parties de l'Europe et particulièrement en Italie, le vieux carnaval, avec ses allures folles et sans gêne, ses gambades grotesques, ses masques barbouillés, ses délires de joie populaire, qui revient toujours à temps fixe, pour dérider le front des vieux, dilater les cœurs oppressés et donner un petit quart d'heure de liberté aux malices et aux autres passions mignonnes qui ont toujours obsédé plus ou moins l'humanité, – surtout cette grande et belle portion du règne organique que l'on appelle le beau sexe ; ce vieux carnaval donc est, selon toute apparence, un dernier et joyeux rejeton du paganisme. Né, sans doute, au sein d'une bacchanale, il s'est faufilé dans les fastes chrétiens durant les nuits les plus obscures du moyen âge, et il a fini par s'établir chez tous les peuples modernes. On l'a trouvé partout un hôte si charmant qu'on lui a conservé presque dans toutes les villes ses droits de cité.

Bien des fêtes religieuses que l'on chômait avec amour autrefois, ont disparu de la mémoire des peuples, et le carnaval, qui date de plus loin que la plupart d'entre elles, est resté loué, désiré, cajolé par tout le monde ; on a même imaginé, depuis quelque temps, de le chanter sur tous les violons. Je n'ose pas trop le dire, mais je crois que le diable a bien fait quelque chose pour lui ; ils ont eu tous deux de trop grandes relations autrefois pour ne pas se rendre encore aujourd'hui quelques petits services. Mais je ne veux pas engager querelle avec un vieil enfant gâté : à l'heure où le carnaval règne dans tout son éclat et où le vacarme qui se fait autour de lui absorbe tous les autres bruits, je crierais en vain, et puis j'ai bien encore moi-même quelque faiblesse à son égard.

Je passerai donc légèrement sur ses vieux péchés et sur ce qui peut se commettre dans son intimité, à la faveur de ses lois faciles ; je n'étudierai que sa physionomie, telle qu'elle m'est apparue durant mon séjour en Italie. Là comme ailleurs, le carnaval a subi les influences des temps nouveaux, et surtout celles des grandes révolutions. Il n'en est pas encore arrivé, comme il l'est parmi nous, à revêtir tout simplement l'habit écourté de rigueur et les bottes vernies pour exécuter de temps à autre, avec le calme et la régularité d'une vieille horloge, quelques figures de quadrille ; non, mais il a perdu considérablement de son caractère un peu dévergondé d'autrefois. C'est bien encore un vieux fou, mais qui n'ose plus se croire tout permis. Quoi qu'il en soit, les populations regrettent beaucoup sa gaieté expansive et ses manières sans façon d'autrefois.

Après l'occupation de l'Italie, en 1849, les Français et les Autrichiens se hâtèrent de faire disparaître les masques, derrière lesquels se disaient des mots doux et gracieux qui n'étaient pas tous à l'adresse des vainqueurs. On m'a dit que les masques avaient reparu, avec le nouveau royaume de Victor-Emmanuel ; c'était bien là saisir la meilleure occasion de revenir en faveur.

Les Autrichiens ont été plus loin que les Français ; ceux-ci avaient laissé cours à tous les autres jeux, mais la rigidité tudesque entend peu le badinage, et dans toutes les villes réduites au régime du bon Radetzki, tous les Pierrots et les Polichinelles durent abaisser leur chapeau pointu et débarbouiller leur visage ; les orgues de Barbarie mêmes eurent ordre de garder le silence, parce que quelques-unes d'entre elles avaient osé murmurer sur leurs humbles rouleaux des airs révolutionnaires !

À part les masques, qui peuvent couvrir bien des perfidies, quel mal et quel danger y avait-il à laisser champ libre à tous ces jeux, qui en définitive ne sont que des folies puériles ? C'est par ces mesures de mauvaise petite politique que les Autrichiens ont réussi à se faire universellement détester en Italie, surtout par le menu peuple qui voit peu ce qu'on lui donne de neuf, mais qui sent tout ce qu'on lui enlève de vieux, qui tient moins à conquérir de nouveaux privilèges qu'à garder ceux qui lui sont chers.

La seule prohibition du masque dans les fêtes du carnaval fut toute une calamité pour ce menu peuple, et même pour toutes les classes de la société : on peut ourdir tant de jolies intrigues, découvrir tant de petits mystères domestiques à l'ombre d'un simple tissu jeté sur la figure. Je me hâte de dire que les femmes seules avaient le droit d'en porter, ce qui ne diminue pas la somme probable des malices qui devaient s'accomplir derrière les fameux dominos, non plus que celle des ressentiments que cette prescription a produits dans les populations. Il n'est pas bon d'entraver les fantaisies du sexe aimable, et j'affirme que les femmes ont compromis pour de pareils motifs l'existence de tous les gouvernements, à partir du plus facile de tous, celui du paradis terrestre.

Que de plaintes amères j'ai entendu formuler, à propos de ces chers dominos exilés ! que de peintures, assombries par des regrets, l'on m'a faites sur les mille choses que l'on accomplissait ou qui pouvaient se pratiquer sous ces petits voiles noirs qui ne laissaient percer que le regard... le regard et la voix, la voix et l'intonation, l'intonation et l'intention !... *et cætera.*

Alors, tout le monde prenait part aux réjouissances, grands et petits, pauvres et riches ; le même flot de la foule entraînait souvent, confondus et ignorés, des princes et leurs chambrières, de grandes dames et leurs valets, des beautés surannées suivies de mentons imberbes, des têtes grisonnantes à côté de fronts printaniers, des sénateurs, des juges et des huissiers. Il n'y avait qu'un maître dans la forêt : c'était le Carnaval lui-même ; et qu'une loi, la Folie.

On attendait ces jours dans une longue impatience, on s'y préparait durant des mois dans le secret et le mystère. Jamais affaire importante ne fut l'occasion de tant de discrétion. Les femmes n'osaient pas même parler, de crainte de révéler les secrets de leur conjuration. Chacune méditait ses méchants projets dans l'intimité de son petit cœur et choisissait d'avance les malheureux à mystifier. Parmi la jeunesse qui n'est pas dorée, on faisait des économies, pour être prodigue aux grands jours. Celui, par exemple, qui n'avait pour tout revenu que dix sols par jour (et il y a beaucoup de rentiers de cette valeur en Italie), en mettait au moins deux et demi au gousset d'épargne, pour les répandre plus tard en pluie de fleurs et de bonbons aux pieds ou sur la tête d'une centaine de dulcinées, toutes embellies d'avance par le charme de l'attente. Combien de repas rognés, de desserts retranchés, pour arriver à ce petit bonheur-là ! Et combien, parmi ces prodigues, hypothéquaient encore leurs repas futurs, durant ces fêtes, songeant peu qu'il leur faudrait recueillir plus tard, pour tout fruit de cette semence sucrée et fleurie, des jeûnes ou du pain sec !

Enfin le grand jour arrivait !

Le canon des forteresses annonçait à tous que l'heure des folies avait sonné et que pendant huit jours, depuis midi jusqu'à l'*Ave Maria,* il était permis à chacun d'en faire sans nuire à sa réputation. Alors, les populations entières des villes s'ébranlaient pour courir au lieu désigné pour ces jeux. Car il n'y a qu'un endroit, déterminé par l'autorité, où il soit permis d'avoir ses coudées franches, de même que, en dehors des heures affectées à la fête, toutes les cabrioles, toutes les grimaces, toutes les impertinentes bouffonneries sont punissables par les lois ; chacun doit reprendre son rôle d'homme sérieux, avec sa figure et son nom : les arlequins, les polichinelles, les paillasses redeviennent *signori* à trois pas de la place ou une minute après l'*Ave Maria*.

Je le répète, je n'ai pas vu les grands jours d'autrefois, mais ceux que j'ai connus m'ont paru bien assez remarquables pour mériter les frais d'une esquisse.

À Rome, où l'on a conservé au carnaval plus de traits de son ancienne physionomie où le caractère et la figure des habitants semblent si incapables de subir les entraînements d'une gaieté même ordinaire, où les grandes réjouissances ont presque toutes une nuance religieuse, le contraste que produit aux yeux des étrangers ce débordement subit et général de la dissipation la plus échevelée qui se puisse imaginer, est inconcevable ; pour nous surtout, hommes d'un continent nouveau qui avons laissé de l'autre côté des mers nos vieilles traditions, pour mener la vie compassée et monotone des gens d'affaires, c'est le monde renversé.

C'était dans le but de juger par mes yeux de cet étonnant contraste que j'avais, un des premiers jours du carnaval, dirigé ma promenade du côté du fameux Corso romain. Après avoir longtemps débattu s'il était de ma dignité d'homme grave d'aller me mêler aux flots de la foule en délire, ma curiosité finit par vaincre mes superbes dédains, et je me dirigeai vers la rue des princes romains, l'âme sans soupçon comme toute âme qui ignore, le cœur à l'abri d'un paletot noir et le front ceint du *castor* des grandes circonstances.

J'avais à peine fait quelques pas sur le pavé des Doria, quand (jugez de ma surprise) je me vis inondé sous une averse de dragées enfarinées d'où je sortis en toilette de meunier ! Mon pauvre *castor !...* un instant, je crus que mon orgueil national devait s'en montrer offensé... mais je m'aperçus bientôt que les citoyens de tous les pays du monde, même les enfants de la fière Albion, avaient subi gaiement de pareils outrages. Je me contentai donc de menacer du bout du doigt, avec la meilleure grâce possible, la petite main qui avait si bien accueilli mes débuts et qui se préparait prestement à faire descendre sur moi un nouveau déluge ; puis, prenant le pas de charge, j'allai faire invasion chez un de mes amis qui m'attendait à son balcon.

C'est de ce lieu, comme de l'observatoire du Vésuve, que je pus étudier à l'aise et sans trop de danger cette éruption de folie populaire.

Sur tout le parcours du Corso, qui représente la longueur d'un mille et où s'élèvent les plus somptueux palais de Rome, s'agite une foule compacte, immense – depuis le pavé où circule lentement et sans interruption, au milieu des flots de la plèbe, un double cortège de voitures, jusqu'au plus haut sommet des édifices où stationnent les nombreux domestiques des maisons princières, avec leurs amis et les amis de leurs amis. Au bas des maisons, sur l'espace occupé par les trottoirs, s'élèvent, de chaque côté de la rue, deux amphithéâtres continus où les femmes et les jeunes filles des divers quartiers de Rome et de la province viennent prendre place. À ceux qui aiment les costumes pittoresques et qui font une étude spéciale de la grâce et de la beauté, je conseille de s'arrêter un peu devant cette partie du tableau, s'ils en ont jamais l'occasion.

Au-dessus, apparaissent d'innombrables balcons, parés pour la circonstance de tentures aux couleurs éclatantes, de banderoles dorées, de guirlandes et de bouquets de fleurs ; c'est au milieu de ce brillant décor que se montrent les plus beaux types de la grande aristocratie de Rome ; on les remarque surtout aux fenêtres de l'étage que l'on appelle *le noble.* Marquises, duchesses, princesses, toutes ont une toilette et un air de fête, toutes abaissent volontiers leurs yeux vers la foule et semblent même être disposées à lui réciter ces vers du plus sentimental des poètes français :

Peut-être dans la foule une âme que j'ignore...

j'ignore le reste. Tout autour, et comme pour rendre hommage à la beauté romaine, l'on voit s'agiter et se presser dans toutes les croisées, une multitude de figures exotiques : ici des Anglais, là des Russes, plus haut des Français et des Allemands, puis des

Américains partout. Venus à Rome à cette époque, au nombre de quarante à cinquante mille, tous ces étrangers s'empressent d'apporter au Corso leur contingent de gaieté et d'extravagances. Je crois même qu'ils y mettent de l'émulation, car on les entend et on les remarque plus que les Italiens eux-mêmes.

Voilà donc quelles sont les dispositions et le personnel de la fête ; il me reste à parler des amusements qui en font la substance.

Il est aisé d'en deviner une partie ; je me contenterai donc de faire ici une nomenclature des choses qui sont permises sous les lois faciles du carnaval. D'abord on est libre de rire, de parler et de crier aussi fort que l'on veut ; on peut porter un habit extraordinaire ; il n'est pas défendu d'être très ridicule ; si on a de la voix et si on s'en trouve les dispositions, on peut imiter le cri de tous les animaux de la création ; il est permis de se jeter à la tête tout ce qui peut tomber sous la main, pourvu que cela ne puisse pas déformer le nez le plus délicat ; on se communique librement et ouvertement beaucoup de réflexions peu flatteuses à l'adresse de son prochain, dans le genre de celles-ci :

– Quel est donc ce mufle habillé à l'anglaise qui fait la moue au soleil, là-haut au troisième ?...

– C'est lady Willcok, répond l'un.

– Non, c'est la *cafetière* du théâtre des marionnettes.

– Bah ! c'est un hippopotame, reprend un troisième, etc.

Par contre, il est très permis d'échanger ses impressions moins publiquement et surtout de formuler des compliments plus délicats que ceux qui viennent d'être cités. Si un élégant veut mettre à la main d'une dame un beau bouquet de fleurs rares ou un cornet de bonbons, et si cette dame veut bien l'accueillir gracieusement, personne ne peut y voir à redire, pas plus les maris que les papas ; l'heureux donateur pourrait même lui réciter la fameuse formule de monsieur Jourdain : « Belle marquise, vos beaux yeux me font mourir d'amour, » avec toutes ses variantes, qu'il ne paraîtrait pas trop indiscret.

Voilà, en résumé, les libertés du carnaval, les jeux et les folies que chacun peut y accomplir suivant son goût, ses dispositions et ses moyens. Si avec cela on veut se figurer quatre-vingt à cent mille acteurs en scène, tous entraînés par cette excitation que donne toute action accomplie en commun, on aura une idée à peu près exacte de ce grand tableau de mœurs italiennes ; et je n'aurai que bien peu de mots à ajouter pour le compléter.

Durant un de ces jours de l'octave joyeuse, a lieu la course que l'on appelle des *barberi* ou chevaux indomptés ; c'est bien là l'amusement le plus étrange de la fête.

Ces chevaux sauvages sont lancés à l'une des extrémités du Corso, sans cavalier et sans frein, au nombre de dix ou de quinze. Ils ne portent pour tout harnais qu'une épaisse et large bande de cuir, fixée sur leur dos seulement par le milieu. Laissées libres à leurs extrémités, ces bandes portent une multitude d'aiguillons qui déchirent les flancs des pauvres bêtes, à chaque bond qu'elles font dans l'espace. Il est aisé d'imaginer avec quelle épouvante et quelle fureur elles franchissent la distance.

Je ne vois véritablement rien qui puisse donner beaucoup d'intérêt à cette course sauvage dont les Romains raffolent, si ce n'est le danger où sont beaucoup de spectateurs de se faire écraser ; car je n'évalue pas à plus de dix-huit pieds l'espace, ménagé au milieu des rangs pressés des curieux, qui sert d'arène aux coursiers. S'ils déviaient un instant de la ligne droite ou s'ils trébuchaient, quelle brèche terrible ne feraient-ils pas dans cette enceinte vivante ! Ajoutons que l'on aurait à peine connaissance de leur passage, tant il est instantané, n'était le bruit de leurs pieds sur les cailloux qu'ils broient et lancent en étincelles sous leurs fers et les clameurs qui les assaillent de toute part. En somme, je n'ai pas éprouvé pour ce genre de spectacle l'engouement des citoyens romains. Je dois même le dire, au risque d'être accusé de mauvais goût, les scènes burlesques qui ne manquent pas de se présenter au milieu d'une masse de peuple en expectative, me rendirent les moments qui précédèrent le spectacle plus amusants que le spectacle lui-même.

Les chiens, ces fidèles compagnons de l'homme qui prennent toujours leur part de nos plaisirs et de nos misères, ne sont pas exclus des joies du carnaval. *Ils ne sont pas plus chiens à Rome qu'ailleurs.* Or il arrive que tout ce tintamarre, tout ce tumulte inusité, toutes ces figures chiffonnées, toutes ces toilettes chamarrées, finissent par les griser ; ils vont jusqu'à perdre la trace de leurs maîtres qu'ils n'avaient connus jusqu'alors, je suppose, que comme gens sages. Leur odorat ne peut plus même les servir : comment flairer tout ce monde pour retrouver le parfum de famille ? Un sentiment violent d'inquiétude finit donc par s'emparer de leur âme de bête et leur communique un besoin de circulation extraordinaire, besoin qui devient bien plus remarquable quand la foule s'est fixée pour attendre la course des chevaux. Alors, ne pouvant plus trouver place entre les jambes des spectateurs, pressés les uns sur les autres, qui d'ailleurs n'ont pas pour eux les égards qu'on leur prodigue au foyer domestique, ils se précipitent dans l'arène ouverte aux coursiers. Mais à peine y sont-ils entrés qu'ils voient tous les regards se fixer sur eux, et sentant sans doute qu'ils sont sur un théâtre fait pour de plus nobles exploits, ils sont subitement saisis d'une timidité disgracieuse qui les rend tout à fait ridicules. Les plus superbes mâtins eux-mêmes ne peuvent la surmonter.

Les polissons de la ville des Césars, qui aiment, comme tous leurs semblables d'outre-mer, à exploiter de pareilles situations au profit de leur gaieté, accueillent aussitôt les pauvres chiens par une salve de huées discordantes qui finit de les déconcerter. Distraits, troublés, ils font deux ou trois tours sur eux-mêmes, puis, tout à coup, saisissant étroitement leur queue à leur manière, ils s'élancent à toute jambe vers la Porte du Peuple, qu'ils franchissent sans songer à montrer leur feuille de route à la garde, comme font tous les autres voyageurs.

On dit qu'ils ne rentrent à la ville que le soir, à la faveur de ces lueurs incertaines, mêlées de jour et de nuit, qui conviennent aux âmes tristes. Ils longent silencieusement les maisons du Corso, se tenant en petites troupes, trottinant en silence ; ils portent encore la queue à demi bas, et l'on ne remarque chez eux aucune de ces façons familières qu'on leur connaît ; ils évitent même de s'entre-regarder.

La scène des *moccoletti* (petits lumignons), qui est la dernière du carnaval, est sans contredit la plus bizarre, quoique la plus brillante de toutes : c'est la seule qui ait lieu après l'*Ave Maria.* Véritable fantasmagorie burlesque, elle sert bien d'entrée au domaine des songes.

Aussitôt que l'ombre commence à régner sur la ville, on allume une myriade de lampes chinoises et de lampions, variés de couleur et de forme. Il y en a dans toutes les fenêtres, on en remarque qui courent en longs cordons, se croisant en tous sens à travers la rue. En même temps, on voit poindre çà et là de petites lumières étoilées et vives, ce sont celles des *moccoletti ;* le nombre en augmente tellement qu'il finit par produire une immense illumination. Tout le monde en porte quelques-unes. Durant un instant, on dirait que le ciel étoilé est descendu dans le Corso. Toutes ces lumières scintillent, s'agitent, s'éteignent, puis reparaissent au milieu d'une animation délirante : car l'amusement consiste à éteindre le plus grand nombre de *moccoletti* possible et à sauver les siens du danger qui les menace de tous côtés.

Il est aisé de comprendre que ce dernier plaisir est encore plus éphémère que les autres : en effet, après quelques moments, tous les petits flambeaux s'éclipsent ; il ne reste plus, pour éclairer la retraite générale, que les fanaux placides de la municipalité et les vraies étoiles du ciel : le carnaval est enfin terminé !

Et il est sérieusement terminé.

Ceux qui, encore la tête toute troublée des folies de la veille voudraient en continuer le cours le lendemain, sont bien obligés de revenir aux règles générales de la sagesse, en voyant rétabli tout autour d'eux le calme religieux de la ville éternelle.

Les étrangers sont tentés de penser que toutes ces fêtes entraînent de grands désordres, et que les relations commencées dans ces jours de facile liberté ont des suites plus sérieuses. Je ne crois à rien de semblable. D'abord tout se passe en grand public, puis la société romaine, si expansive alors, est la plus digne et la plus distante que j'aie connue en Italie dans la vie ordinaire. Je sais bien que la jeunesse fait une brillante récolte d'illusions, durant cette octave, mais tout cela suit les autres illusions de la vie. J'ai connu beaucoup de ces heureux moissonneurs qui, au lendemain du mardi gras, cherchaient encore, à la promenade ou sur les balcons déserts, quelques figures gravées vivement dans leur mémoire : quand ils les avaient trouvées, par hasard, ils risquaient un salut ; mais le salut ne rencontrait qu'un regard distrait et une démarche pensive, l'air de l'espace seul en avait été impressionné !

Un de mes amis avait retenu au passage l'écharpe d'une jeune personne qui s'en servait comme d'éteignoir au jeu des *moccoletti.* Le brave garçon, à qui l'on semblait abandonner le vêtement avec une mystérieuse intention, se mit à rêver au meilleur moyen d'en tirer parti. Croyant l'avoir trouvé, il s'achemina, quelques jours après, avec le précieux objet, vers la demeure de l'aimable propriétaire : mais, arrivé à la loge du concierge, on lui dit, en reprenant l'écharpe, que la dame présentait à Monsieur mille remerciements !... L'ami se rappela subitement que le temps de pénitence était venu.

Je cite ces faits, non pour prouver que tous les acteurs de ces scènes puériles sont toujours retenus dans les bornes du convenable, mais pour montrer que les abus ne sont pas très nombreux : ils peuvent aussi servir à faire juger des contrastes subits que la population de Rome peut offrir du jour au lendemain.

En terminant cette peinture, que l'on trouvera peut-être un peu légère, je ne puis m'empêcher de rapporter un incident d'un caractère plus sérieux qui vint faire une sombre diversion aux amusements du Corso. Ce second petit tableau servira de morale au premier.

Un des derniers soirs du carnaval, je revenais chez moi après l'*Ave Maria ;* la grosse voix du château St-Ange s'était fait entendre depuis un instant, et les vieilles horloges de la ville n'avaient pas encore fini de sonner l'heure de la prière de Marie. Il y en a toujours quelques-Unes qui retardent, elles semblent compter péniblement nos jours écoulés, elles les allongent d'un quart d'heure de grâce. Les teintes grises de la nuit s'infiltraient déjà dans les lueurs empourprées d'un brillant crépuscule. Le gros de la foule était déjà disparu ; je suivais lentement et seul un de ces groupes retardataires qui laissent à regret le théâtre des grandes réjouissances et qui sont, par leurs figures, leurs éclats de rire et leur démarche animée, comme le reflet ou l'écho du spectacle qui vient de disparaître. Étranger, je sentais davantage ma solitude au milieu de cette masse turbulente où personne ne songeait à moi ; ce serrement du cœur, ce vide pénible de l'âme que l'on éprouve invariablement après toutes les fastueuses et passagères démonstrations populaires, avait quelque chose de plus sensible pour moi dans cette circonstance. Je voulais donc en silence le tapis de fleurs et de dragées qui recouvrait les pavés et je regardais machinalement dans les fenêtres des palais où les belles têtes ornées de fleurs que j'avais remarquées pendant les jeux, disparaissaient peu à peu, emportant dans le secret du foyer ces sourires et ces gracieuses agaceries qu'elles avaient un instant prodigués au public ; plusieurs les effaçaient peut-être pour longtemps derrière le rideau qu'elles laissaient immédiatement tomber entre elles et la rue ; car il y en a tant qui revêtent leur visage, pour cette circonstance, d'une expression qui est un véritable masque jeté sur leur vie intime.

Au moment où je quittais le Corso pour remonter vers la place d'Espagne, je vis apparaître à l'une des extrémités, près du palais de Venise, les premiers rangs d'une procession funèbre. Le convoi remplit bientôt tout l'espace qu'avait déserté la multitude.

Devant, à la suite de la croix, marchait un nombreux clergé dont les franciscains composaient en partie les rangs. Ces religieux, qui portent la tête rasée, la barbe longue et une soutane à larges plis, donnent à ces cortèges un aspect encore plus grave. Ils portaient tous des cierges énormes qui projetaient derrière eux une longue traînée de lumière et de fumée. À leur suite venait le corps des Frères laïques de la Miséricorde, couverts de ces longues robes noires qui les enveloppent de la tête aux pieds et dont la vue seule a quelque chose de sinistre. C'est au milieu d'eux qu'apparaissait la dépouille mortelle qu'ils allaient porter au tombeau. C'était une de ces belles filles de Rome qui ont gardé sur leur front l'empreinte du diadème impérial. À demi-couchée sur un lit de parade, elle semblait reposer, tant son visage était calme : on y lisait à peine la trace de dix-huit printemps. Une couronne de fleurs blanches s'enlaçait dans les tresses veloutées de sa chevelure noire, ses deux mains, effilées par la maladie, se croisaient sur la poitrine, soutenant dans leur étreinte une croix d'ébène.

À cette vue, tous ceux qui peuplaient encore les abords du Corso s'arrêtèrent, surpris comme moi par un spectacle aussi inattendu. Aux grands éclats de la joie publique succéda le silence le plus morne ; on n'entendit bientôt que les psalmodies uniformes et cadencées qui se prolongeaient d'un bout à l'autre du cortège.

Les fenêtres déjà fermées se rouvraient et les têtes couronnées de fleurs, qui avaient disparu avec l'expression du plaisir, reparaissaient avec celle de la tristesse ; d'un autre côté, tous ces personnages de la rue si burlesquement accoutrés, toutes ces toilettes chiffonnées par la dissipation, tous ces visages désordonnés, placés en face de la mort et fixés subitement dans un sentiment de stupeur et de deuil ; puis cette victime de la mort passant triomphalement sur cette voie que la fête a laissée jonchée de fleurs, couronnée elle aussi, mais pour aller au tombeau : que de contrastes !... Pauvre jeune fille !... de ces balcons encore parés, elle avait peut-être, l'an passé, jeté des fleurs et reçu l'hommage de plus d'un bouquet, de plus d'un regard ! Et aujourd'hui !... Comme elle passait gravement au milieu de ces scènes de plaisirs, le front tourné vers le ciel et l'âme fixée dans l'éternité ! comme sa bouche était dignement close et ses yeux majestueusement fermés à toutes ces futilités de la terre ! Quelqu'un de ceux qui couraient joyeusement tout à l'heure au milieu du tumulte, avait peut-être vainement cherché, parmi des milliers de beautés, un front plus pur, un regard dont il se fût plus longtemps souvenu, une main pour laquelle il eût choisi un plus frais bouquet de violettes ; et ce front, et ce regard, et cette main... tout cela n'était plus qu'une forme encore belle mais insensible, s'en allant au vent de la mort comme une de ces fleurs effeuillées qui avaient servi à nos plaisirs et que nous foulions maintenant sous nos pieds !

Pour moi, après avoir vu s'éloigner cette figure virginale, sur sa couche de satin blanc et de fleurs d'oranger, entraînant à sa suite la troupe ordinaire des parents éplorés et des amis du jour, je regagnai mon solitaire réduit. Si les plaisirs du carnaval avaient pu donner à mon âme de longues heures d'ivresse, ce dernier tableau les aurait sans doute attristées quelque peu ; mais comme je n'avais éprouvé que la sensation morale d'un vide immense, je me trouvai mieux disposé à recevoir philosophiquement cette grande leçon de la mort ; je compris plus que jamais la sagesse de l'Église qui, aussitôt après ces jours de folie, appelle tous ses enfants pour leur répéter que les jouissances des sens s'en vont en poussière, qu'il n'y a d'éternel que la vie de l'âme, la vie laborieusement employée au perfectionnement de soi-même et des autres, à l'assimilation du beau humain au beau divin.